Les inc

Du même auteur

(...) Trop Peu, roman, 2016

(...) Un chat à la fenêtre, roman, 2017

La délivrance de l'accordéon, poésie, 2017

Elle s'appelait Micha, poésie, 2018

Pendulum, poésie, 2019

Les nuits clandestines, poésie, 2019

La plume manquante, nouvelle parue dans *Il était une plume*, recueil collectif, Les Plumes Indépendantes, 2018

Tu es là, portrait littéraire paru dans Le Zéphyr magazine, 2018

Loli Artésia

LES INDIGNES

nouvelles noires

InSide Me

ISBN : 978-2-32219-171-0

Edition : BoD – Books on Demand,12/14 rond-point des Champs-Elysées 75008 Paris
Impression : BoD – Books on Demand, Norderstedt, Allemagne

À mon museau.

LE COLONEL MOUTARDE...

Un à un, ils s'apprêtent à pénétrer dans la grande bâtisse de l'auteur. Celle-ci, qui n'a décidément pas le sens commun, a trouvé que c'était là manière réjouissante de commencer son recueil d'indignités. Les réunir en un même endroit, tous ces personnages qui vont se succéder au fil des pages. L'idée lui est venue en passant l'aspirateur. Les idées viennent souvent dans les moments les plus incongrus.

Mais comment les faire se rencontrer ? songe-t-elle en aspirant une énième toile d'araignée. Pas dans sa maison, impossible puisqu'ils n'existent pas vraiment, contrairement à elle. Il lui faudra donc créer un lieu donné.

Elle songe à un grand manoir sombre et menaçant, mais c'est du déjà lu.

Un jardin à l'anglaise ? Bof, elle peut trouver mieux.

Un supermarché ? Pourquoi pas...

Une autre planète ? Elle n'est pas très portée sur la science-fiction.

Une salle de concert ? D'autres indignes sont passés par là, et ce n'était pas pour des questions de littérature.

Une station de métro ?

Une gare ?

Un bar-tabac ?

Un salon littéraire ?

Un cirque ?

Une patinoire ?

Elle opte finalement pour une bibliothèque, grande et tapissée d'étagères en bois sombre, de livres aux dos enluminés, un chandelier pour tout éclairage, un nuage de poussière asphyxiant, évaporation d'ouvrages anciens tombant en morceaux, qui s'accrochent sur les corniches du plafond.

Pas que ce soit très original, mais elle aime bien.

La voilà projetée dans l'atmosphère calfeutrée de sa bibliothèque fictive. Installée dans un fauteuil matelassé de velours, elle saisit sa plume, la trempe dans l'encre.

De l'autre côté de la porte, les personnages s'impatientent. Certains commencent à trépigner, à souffler, d'autres regardent leur montre, d'autres encore dévisagent leurs curieux voisins. Il y a là, mais tous ne sont pas encore arrivés, un jeune étudiant, une assistante administrative, un avocat, un fou, une fille cachée sous d'immenses lunettes de soleil, un écrivain public, une mère qui berce un landau aux rideaux tirés, un agent immobilier, une jeune femme aux lèvres gercées.

Chacun se demande ce qu'il peut avoir en commun avec les autres. Chacun tente d'imaginer ce que lui réserve l'auteur.

Dans sa bibliothèque, celle-ci esquisse de sa plume un geste impérieux dans le vide et, avec des allures orgueilleuses de chef d'orchestre, s'exclame :

« En piste ! »

Un à un, entrent les personnages.

L'imprudence

« À l'avenir
Laisse venir
Laisse le vent du soir décider »
Alain Bashung, Tel

Il avait froid. Ce fut ce qui le tira de son sommeil. Il ouvrit les yeux et s'aperçut qu'il était pelotonné sur le siège arrière de sa voiture. Il regarda le cadran de son GPS : 6h22. Dehors, le ciel commençait à blanchir mais la nuit persistait, glaçante, redoutable. Un second coup d'œil sur le tableau de bord lui apprit qu'il faisait 3°C et que son chauffage était coupé. Il descendit avec difficulté de la voiture, la portière aussi lourde que sa tête.

Où diable était-il ? Il ne se posa pas la question longtemps, il reconnaissait cette place entre mille : c'était là qu'enfant il avait joué des dizaines de fois, sur la terre poussiéreuse du parking qui, par temps de pluie, se transformait en boue blanchâtre. Il était à Paillet, où il avait fait toute son école primaire. Et, en ce matin détestable de novembre où la pluie, le brouillard et le froid s'étaient entendus pour le harceler, il était planté là, au milieu d'un village qu'il n'avait pas vu depuis des années, planté là au milieu de ses vieux souvenirs et cherchant en vain à se rappeler la nuit passée. Mais qu'est-ce qu'il foutait dans ce trou perdu ?!

Son crâne implosait, il grelottait dans son blouson. Il était con, tout de même. Partir à une soirée sans même prévoir une écharpe, en plein mois de novembre… Comment la soirée avait-elle pu dérailler à ce point ? Il avait trop bu pour prendre le volant, et n'avait d'ailleurs pas eu l'intention de le prendre ce soir-là. Ses parents habitaient à la campagne, à plus d'une heure de Bordeaux et Louis, qui vivait chez eux le temps de ses études, faisait d'ordinaire très attention à sa consommation. Deux verres, pas plus. C'eût été trop bête de perdre son permis pour un verre de trop. Cette nuit-là, exceptionnellement, il devait dormir chez un ami de la famille, à trois arrêts de tramway du centre-ville. À la Bastide, un quartier mal famé que Louis n'aimait pas, mais alors vraiment pas. Il y avait laissé sa voiture plus tôt, dans un parking étroit mais gratuit où il avait miraculeusement trouvé une place. Il avait rejoint le bar où l'attendaient ses amis étudiants. Pour une fois, il pouvait se laisser aller à picoler plus que de raison. Il s'était fixé malgré tout un maximum de quatre verres, histoire d'être capable d'y voir à peu près clair au retour.

Louis fit le tour de la voiture. Une trace à l'arrière attira son attention. Une trace blanche et un catadioptre cassé. Il se souvint brusquement. Il était rentré à la Bastide dans un état d'ébriété très avancé. Les quatre verres avaient cédé la place aux suivants. Il n'avait pas compté. Tant et si bien que, planté devant la rangée d'immeubles, il ne se souvenait plus du numéro où vivait l'ami qui l'hébergeait. 135 ? 137 ? 139 peut-être ? Il avait parcouru toute l'avenue, avait regardé chaque boîte aux lettres, cherchant le bon nom de famille, avait appelé plusieurs fois, répondeur… Il en avait eu marre de ce quartier pourri et de cette nuit détestable. Il était trois heures du matin, il était lessivé. L'alcool agissait sur lui, inhibant toute notion de sécurité.

« Puisque c'est ça, je rentre ! »

C'était sur cette décision stupide qu'il s'était réfugié dans sa voiture, avait mis en route le moteur et déverrouillé le frein à main. En reculant, il avait tapé la voiture derrière lui, ce qui expliquait à présent la trace blanche à l'arrière et le catadioptre en morceaux.

« Merde ! » s'exclama Louis dans le silence de Paillet. Il fixait d'un air ahuri sa voiture. Il se souvenait un peu de la suite : il était parti sans laisser sa carte de visite et avait brûlé un feu rouge. Il avait roulé vite malgré l'épaisse brume engendrée par la Garonne.

En faisant le tour, il comprit ce qui l'avait arrêté : son pneu avant droit était crevé. Pire que ça, il avait éclaté. Littéralement explosé. On aurait dit une pâquerette. Il avait dû taper quelque chose, un trottoir vraisemblablement. Louis se rappela une grosse secousse à un moment donné. Il avait visiblement roulé un moment après l'impact, vu l'état de sa jante. Elle était complètement déformée.

« Manquait plus que ça », marmonna-t-il.

Il saisit son portable dans la poche de son jean et pianota le numéro du paternel. Il se sentait un peu soulagé malgré tout : il comprenait enfin le pourquoi du comment. Heureusement, rien de grave n'était arrivé. Vu son taux d'alcoolémie, il aurait pu avoir un accident bien plus grave. Ou être arrêté par les flics. Il s'éloigna de quelques pas de la voiture.

« Allô ? »

Il reconnut la voix ensommeillée de son père. Il s'apprêtait à répondre quand son regard s'arrêta sur l'avant de la voiture. Le lampadaire de la place éclairait un pare-chocs enfoncé, maculé de rouge. Rouge sang.

Louis eut soudain très froid. Dans le combiné, la voix de son père crachait des « allô » furibonds.

« Oui, Papa, c'est moi. J'ai éclaté un pneu. Tu peux venir me chercher ? »

Il entendit pester à l'autre bout du fil. Il s'en foutait. Il se contenta de lui indiquer l'endroit où il se trouvait et le père grommela qu'il arrivait mais que merde quoi, tu fais chier Louis.

Une heure. Il disposait d'une heure avant que son père ne rapplique. Une heure et du sang sur le pare-chocs. Il fallait qu'il comprenne. Surtout, il fallait qu'il nettoie les traces rouges. Il attrapa un chiffon qu'il imbiba généreusement d'eau. Tout en frottant le pare-chocs, il se félicita d'avoir écouté sa mère, qui lui avait recommandé d'avoir toujours une bouteille d'eau dans sa voiture. Il ne sentait plus le froid de la nuit sur ses épaules et, pourtant, il continuait à frissonner.

Un impact. Avec qui ? Avec quoi ? À quel moment, à quel endroit précisément ? Louis refaisait dans son esprit le trajet, mais celui-ci comportait des blancs. Comme si, à un instant donné, sa conscience s'était suspendue, une sorte de sommeil opaque pendant lequel il avait pourtant roulé... Jusqu'à l'impact.

Le sang partait par endroits, s'accrochait à d'autres. Louis contemplait la voiture. Son père arriverait bientôt. Il fallait trouver une stratégie.

Quand le père arrêta sa Renault 21 sur la terre épaisse et blanche de la place, Louis s'y engouffra sans un mot. Le père descendit, fit le tour de la voiture accidentée, remonta dans la Renault en crachant un juron.

« Nom de Dieu, mais qu'est-ce qu'il s'est passé avec ton pare-chocs ?!

— Chevreuil. »

Le père se gratta le menton qu'un commencement de barbe approximatif recouvrait.

« Ah ! Saloperie, ça, le chevreuil.

— J'ai pas eu le temps de l'éviter. J'ai donné un coup de volant et j'ai tapé le trottoir. Pneu éclaté. Me suis arrêté à Paillet et j'ai attendu le matin, je voulais pas te réveiller trop tôt.

— T'es bête, fallait. Allez, on rentre. Demain, on changera la roue. »

Louis eut un soupir imperceptible. Il attendit que Paillet soit derrière lui pour fermer les yeux. Le coup du chevreuil avait fonctionné. Saloperie de chevreuil, hein ! Le plus drôle, c'est que son mensonge n'en était peut-être pas un...

Une poignée de jours s'écoulèrent. Le pneu fut changé, un ami mécano redressa le pare-chocs. La voiture fut nettoyée et paraissait presque neuve, à l'exception d'une trace à l'avant qui s'y entêtait.

Pour Louis, une bataille contre l'oubli s'était engagée. Un besoin impérieux de dissiper les brumes de son black-out. Il fallait qu'il sache. Google Maps lui permit de décomposer virtuellement son trajet. Des lambeaux de mémoire revenaient. Il finit par en déduire que l'impact avait probablement eu lieu juste avant Lestiac. Il éplucha les faits divers des journaux. Y avait-il eu un accident signalé, un quidam trouvé mort, un chauffard recherché ? Des témoins, une enquête préliminaire, une personne portée disparue ? Un chevreuil sur le bas-côté, un animal quelconque : sanglier, biche, chat, chien, hérisson ? Non, rien. Rien, absolument rien. Le silence absolu.

Ce qui aurait dû le rassurer ne parvint qu'à l'effrayer davantage. La nuit semblait avoir englouti la vérité. Un mirage, peut-être avait-il rêvé. Mais il y avait le sang… Concret, indéniable, indéfendable.

Il fallait qu'il sache.

Et le seul moyen était de revenir sur les lieux du « crime ».

Au bout d'une semaine, il se décida enfin. Il attendit la nuit pour se faufiler hors de chez lui.

Sur la route, la peur montait.

Il traversa Paillet, continua. À la sortie de Lestiac, il gara sa voiture sur le bas-côté et entreprit de poursuivre à pied. Il marcha un temps indéfini dans le noir, son smartphone pour toute lumière. Heureusement, il avait une application lampe torche.

Rien. Comme il s'y attendait, il n'y avait rien. Pas l'ombre d'un indice. Que pouvait-il espérer trouver une semaine après ? Son regard se perdait au-delà du trottoir, dans les hautes herbes qui bordaient la Garonne, quand une forme longue attira son attention. Là, dans les herbes. Une chose étendue, immobile. Il se figea. Dirigea la pâle lueur de son smartphone vers la forme. Le bruit d'un moteur tout près lui fit relever la tête.

Il vit une voiture foncer droit sur lui et n'eut pas même le temps de crier.

« Putain! » beugla le conducteur éméché.

Celui-ci revenait d'une soirée entre amis. Il avait bu plus que de raison, ce n'était pas son genre pourtant. Quand il heurta ce qui lui sembla être un chevreuil, il comprit qu'il n'aurait pas dû prendre le volant.

Dans les herbes hautes, une forme longue. Une chose étendue, immobile. Une trace de sang sur un pare-chocs. Un pneu éclaté. Un père réveillé au petit matin.

Dans les herbes hautes, un chevreuil qui n'avait rien demandé à personne.

Une imprudence. Probablement.

Foutu chevreuil.

Cat

Cat avait choisi la table du milieu, près du comptoir. En cette fin d'après-midi d'avril, il y avait un peu de monde et les autres clients passaient à côté d'elle, la frôlaient, l'effleuraient, et elle appréciait cette promiscuité contrainte, les plis des vêtements des autres qui balayaient quelques secondes son bras puis l'abandonnaient. Elle avait commandé un blanc sec, que le patron lui apporta dans un « voilà » indolent avant d'aller prendre les commandes d'une autre table. Cat dit « merci » et s'absorba dans la contemplation de son verre. La journée avait été longue, plutôt inutile, poussiéreuse et maussade. Elle eut un regard de dépit pour le ciel dégagé et le large soleil qui l'envahissait. C'était franchement terrible, une journée aussi terne par un temps si plaisant, ça ne collait pas. Elle soupira, avala une gorgée de vin.

Elle regardait les autres clients du bar et tentait d'imaginer leur vie, qui devait être autrement plus palpitante que la sienne. Tiens, celui-là, là-bas, qui jouait au baby-foot, il devait en avoir, des choses à raconter. Brun, la trentaine, des yeux délavés, décontracté, sous cet air conventionnel se cachait peut-être un marchand d'armes. Ou un artiste-peintre. Et celle-ci, qui gloussait avec son groupe de copines, elle était au minimum une célèbre anthropologue. Ou une espionne. C'était pas mal, ça, espionne. Bon métier, pas ennuyeux du tout. Rien à voir avec son boulot à elle d'assistante administrative. Bon sang, qu'y avait-il de plus abrutissant que ce job qui consistait en un tête-à-tête régulier avec la photocopieuse ? Des heures et des heures consacrées à l'impression de documents dont elle ne regardait même plus la teneur, à la rédaction de courriers, à la réalisation de factures, à répondre au téléphone d'une voix doucereuse. Elle se frotta les yeux, engloutit ce qu'il restait de vin et commanda un second verre.

Elle connaissait bien ce bar, elle s'y rendait tous les soirs au sortir du boulot. De 18 heures à 18 heures 45, elle buvait deux verres de blanc sec, pas un de plus, pas un de moins. Elle n'était pas plus que ça attachée à ce bar, il était juste sur son chemin donc elle s'y arrêtait. Elle en avait fait son rituel de fin de journée, il fallait bien en avoir quelques-uns, des rituels, pour donner une substance à la vie. Du lundi au vendredi, à 18 heures, elle poussait la porte vitrée du bar, s'asseyait à la table du milieu et buvait ses deux blancs en observant les existences qui s'agitaient dans le bistrot. Parfois, elle s'installait au comptoir et discutait avec le patron, quand celui-ci était d'humeur bavarde et qu'il n'y avait pas trop de monde. Les conversations étaient aussi tièdes que la piquette qu'il lui servait : quand il faisait chaud, ils s'écriaient de concert « vous avez vu ce temps ! », quand il faisait frais « vous avez vu ce temps », quand il faisait orageux « vous avez vu... ». Parfois, le patron jactait politique, et Cat se taisait, souriant pour l'approuver, n'écoutant pas vraiment les ruminations d'un homme qui vénérait l'ordre et les valeurs surannées du régime de Vichy. Elle aurait pu lui dire qu'elle n'appréciait pas sa manière de voir le monde, mais pour quoi faire ? L'homme n'était pas méchant, ne faisait rien de mal, il parlait et grommelait parce que, comme elle, il s'emmerdait et que, comme elle, sans doute, il aurait préféré être astronaute, pirate ou prostituée plutôt que tenir ce bistrot.

Au moment où le patron lui apportait son second verre dans un second « voilà » léthargique, elle l'aperçut. Il était au comptoir, seul, il buvait une pression. Le hasard voulut que leurs regards se croisent et s'accrochent. Elle sourit, il sourit.

Elle n'osa pas aller le voir. Elle se contenta de l'observer fixement puis, à 18 heures et 45 minutes, elle se leva, prit son sac, régla ses consommations et partit. Il lui fallait une dizaine de minutes à pied entre le bar et son domicile. D'ordinaire, ce trajet la plongeait dans un ennui profond. Rien ne l'attendait dans son deux-pièces, pas d'homme, pas d'enfant, pas même un poisson rouge. Pas même du désordre, puisqu'il n'y avait personne pour en mettre. Ce n'était pas *son* appartement, juste *un* appartement. Cette fois-ci, elle marcha sans hâte, dans une sorte de rêverie heureuse. Elle ne parvenait pas à oublier le visage de l'inconnu et, un instant, elle crut qu'il était derrière elle, sur ses talons. L'enchantement se mut en léger malaise. Elle fit volte-face. Personne.

Lorsqu'elle retourna au bar, le lendemain, elle eut une appréhension en poussant la porte vitrée. Serait-il à nouveau là ? Elle en eut la confirmation aussitôt. Oui, il buvait toujours une pression au comptoir. Elle s'installa à sa table, commanda son blanc sec. À nouveau, leurs regards se croisèrent et ne se lâchèrent plus. Le temps s'écoula dans une langueur appréciable mais, une fois encore, elle n'eut pas le courage de lui parler. Elle quitta le bar à 18 heures 45. Sur le chemin, elle eut cette fois la certitude d'être suivie. Elle se retourna et le vit tourner brusquement dans une rue.

Le jour suivant, il était toujours là, mais cette fois-ci, une fille l'avait rejoint. Cat s'installa au comptoir. Leurs regards ne se croisèrent pas et l'inconnu semblait décidé à ne pas la voir. Il riait avec la fille, une jeune brune plutôt jolie, d'un rire que Cat jugea forcé. Elle se pencha vers le patron et lui demanda à voix basse :

« Dis-moi, le grand châtain là-bas avec la fille, tu sais qui c'est ?

— Oh ! c'est l'avocat. Tu ne le connais pas ?

Cat secoua la tête. Le patron poursuivit :

« Comment qu'il s'appelle déjà ? Patrice... Non ! Pascal ? Pierrick ?

— Patrick ? hasarda-t-elle.

— Non... Éric ! Oui, c'est ça. Il est avocat dans un gros cabinet en centre-ville et s'est taillé une belle réputation. Il est passé plusieurs fois à la télé, même, t'es sûre que tu ne le connais pas ? »

Cat secoua à nouveau la tête.

« Je ne regarde pas la télé, enfin juste le soir parfois, une émission ou un film, mais c'est tout. »

Le patron dodelina de la tête. Il semblait perdu dans de profondes réflexions qui n'avaient rien à voir avec le programme télé. Finalement, il se pencha vers elle, un air de connivence sur les lèvres.

« Tu veux que je te dise, Cat ? Ce gars, je le sens pas. Tu vois, il a fait fortune en défendant des salopards, sur le dos des pauvres gens, quoi ! Il doit en avoir, des casseroles au cul, si tu veux mon avis... »

Quand elle quitta le bar, elle sut qu'il la suivait. Éric était derrière elle, elle pouvait presque sentir son souffle sur son épaule. Elle avança par longues enjambées et ce fut en courant qu'elle arriva enfin devant son immeuble.

La nuit, elle ne trouva pas le sommeil. Au moment d'aller se coucher, elle avait ouvert sa fenêtre pour regarder le ciel et profiter de l'odeur de la nuit, comme elle le faisait souvent, et elle l'avait vu. Il se tenait au croisement de deux rues, adossé à un mur. Un frisson l'avait parcourue. Elle ne pouvait jurer qu'il s'agissait de lui, son visage était englouti dans l'ombre. Il pouvait s'agir simplement d'un mec qui rentrait chez lui, ou qui attendait quelqu'un, ou qui regardait lui aussi la nuit, ou... Non. C'était lui. Elle le savait. Elle en était sûre. Elle se força à quitter la fenêtre pour aller aux toilettes. Quand elle revint, il n'y avait plus personne.

Le lendemain, il n'était pas au comptoir. Elle le chercha du regard et le trouva finalement à la table du fond. Il lui sembla qu'il lui adressait un salut silencieux et moqueur. Elle se leva, traversa la salle, son verre à la main, et s'assit en face de lui.

« Bon, cessons de jouer, monsieur le mystérieux avocat. Qui êtes-vous ? Que me voulez-vous ? »

L'homme leva des yeux ébahis sur elle.

« Ne faites pas celui qui ne comprend pas. Je sais que vous me suivez depuis quelques jours, je sais qui vous êtes, pourquoi me harcelez-vous ? Je vous plais tant que ça ? C'est pas que vous ne soyez pas mon genre, ne vous méprenez pas, hein... »

Le regard de Cat se perdit dans la contemplation de la vitre sale. Les traces de doigts qui la parsemaient se juxtaposaient aux allées et venues des passants, dehors, et à son propre reflet en clair-obscur, formant un portrait fragmenté.

« De fait, je ne sais pas bien ce qu'est mon genre... Vous êtes assez plaisant, il faut le dire. J'ai l'habitude d'observer les gens, d'imaginer leurs vies, pas plus enviables que la mienne en général, et la vôtre semble valoir le coup d'œil. Mais je m'égare. Si vous voulez m'inviter à boire un verre ou quelque chose de cet ordre, il n'y a pas besoin de me suivre, il suffit de le demander. »

Elle leva la tête vers l'homme et croisa un regard auquel elle ne s'attendait pas. L'ébahissement était un bien faible mot pour exprimer ce qu'elle lut dans ses yeux. Il la regardait comme si elle était folle à lier et elle eut un instant de doute. Il prit le temps de terminer son café avant de lui répondre :

« Catherine... Vous ne vous souvenez pas de moi ? »

Éric n'était pas homme à être facilement surpris. Il n'avait pas été surpris de réussir brillamment ses études de droit et était devenu avocat avec l'assurance tranquille de celui qui s'y attendait. Sans surprise, il avait gagné un à un ses procès, comme autant de parties de poker. Ses clients ne l'étonnaient jamais, en dépit de l'imagination que certains pouvaient déployer dans le crime. Non, décidément, Éric n'était pas de ceux qu'on pouvait surprendre aisément.

Sa mémoire était excellente, il n'avait encore jamais oublié un client, même le plus ordinaire, même le plus anonyme. Et, bien sûr, il se souvenait parfaitement de Catherine, cette assistante administrative empêtrée dans une sinistre affaire de cœur. Un cardiologue réputé avait porté plainte contre elle pour harcèlement, intimidation, chantage, menaces. Du lourd, mais rien qui fasse reculer Éric, qui avait eu à défendre des cas bien moins défendables que cette pauvre femme sans histoires. Que sa cliente ait été coupable ou innocente, cela n'avait pour lui rigoureusement aucune importance. Il ne lui avait d'ailleurs même pas posé la question. Présumée innocente jusqu'à preuve du contraire, et tout son travail à lui était justement qu'il n'y en ait pas, de preuves. Une affaire relativement facile, en fait. Le médecin avait eu la bêtise de ne pas conserver les lettres de menaces de Catherine, par crainte que son épouse tombe dessus. Il n'était pas sans reproches non plus et Éric avait rapidement découvert qu'il menait une double vie. Le cardiologue réputé et père de famille avait omis de préciser à son épouse qu'il entretenait une vie de couple de longue date avec un architecte. Catherine avait découvert le pot-aux-roses, on sait avec quelle ingénuité les secrétaires deviennent parfois dépositaires des secrets de leur patron, et le médecin avait inventé cette sombre histoire de harcèlement pour éviter qu'on s'attarde sur sa propre vie privée. Éric avait ainsi construit la défense de sa cliente. Il avait gagné. Le cardiologue avait même eu des indemnités à verser à Catherine et sa femme l'avait quitté. Dommage collatéral dont Éric se moquait éperdument du moment qu'il était vainqueur.

Éric se souvenait donc très bien de Catherine, pour banale que cette petite femme puisse être. Pas laide, d'ailleurs. Elle ne faisait pas beaucoup d'efforts pour être aguichante mais son visage était agréable, équilibré. Et, pour le coup, lui, que peu de chose pouvait déstabiliser, était surpris. Sacrément, même. Elle semblait vraiment ne pas se souvenir de lui. Elle le regardait avec incrédulité. Il profita qu'elle commande un second verre de vin pour bredouiller une vague excuse et prendre congé.

Quand il quitta le bar, il sut qu'elle le suivait. Il pouvait presque sentir son souffle sur son épaule.

Il avança par longues enjambées et ce fut en courant qu'il arriva enfin devant son immeuble.

La nuit, il ne trouva pas le sommeil. Au moment d'aller se coucher, il ouvrit sa fenêtre pour regarder le ciel et profiter de l'odeur de la nuit, comme il le faisait souvent, et il la vit. Elle se tenait au croisement de deux rues, adossée à un mur. Un frisson le parcourut. Il ne pouvait jurer qu'il s'agissait d'elle, son visage était englouti dans l'ombre. Mais il savait que c'était elle. Il en était sûr. Il se força à quitter la fenêtre pour aller aux toilettes. Quand il revint, il n'y avait plus personne.

Le lendemain matin, il décommanda son premier rendez-vous et sortit le dossier « Catherine ». Il relut la déposition du cardiologue, puis la propre défense de sa cliente lorsqu'elle avait été interrogée, enfin l'expertise psychiatrique qui avait été demandée par le plaignant et dont Éric avait su démontrer l'inanité. Le premier document lui rappela les faits : le médecin avait d'abord repoussé les avances timides de sa secrétaire, avant de commencer à recevoir des lettres passionnées écrites à l'encre orange, dont se dégageait un parfum diffus de vanille. Des lettres qui n'étaient pas signées et qui tentaient de le convaincre que leur amour n'était pas possible, qu'elle ne pouvait y donner suite, « je sais que tu m'aimes, disaient les lettres, je le sais et ce n'est pas bien. Tu ne me l'avoueras jamais, mais je le sais. Il ne faut plus nous voir, mon amour, il ne faut plus penser à moi... » et ainsi de suite. Les lettres arrivaient à son cabinet, puis, au fil des semaines, il commença à les recevoir à son domicile. Il les brûlait systématiquement, terrorisé à l'idée que son épouse, qu'il adorait, disait-il, tombe dessus. Peu à peu, il fit le lien avec sa secrétaire et la congédia sous un prétexte fallacieux. Les lettres se succédèrent, de plus en plus nombreuses. De passionnées, elles se firent menaçantes. À plusieurs reprises, il eut le sentiment qu'elle le suivait dans la rue, et même qu'elle l'attendait devant chez lui. Il la croisait en permanence, coïncidences de plus en plus troublantes alors qu'elle était censée habiter à l'autre bout de la ville. Enfin, il se décida à porter plainte.

Le deuxième document venait contredire le discours du cardiologue. D'après Catherine, c'était lui qui la harcelait, la suivait jusqu'à chez elle, lui écrivait des lettres qu'elle jetait systématiquement. « Pour quelle raison les jeter ? » lui avait demandé Éric. Elle ne voulait pas le mettre dans l'embarras, c'était son patron, elle avait peur de perdre son travail. Elle avait conclu le premier entretien avec l'avocat par « J'ai de la peine pour lui. »

Le troisième document lui apprit ce qu'il n'avait pas voulu voir à l'époque, trop occupé à gagner le procès. Il reposa le dossier, pris d'un doute. Était-ce son tour ? Ou bien une simple coïncidence ? Après tout, il suffisait de ne plus retourner dans ce bistrot. Voilà, simplement. Ainsi, tout serait réglé. Il ne croiserait plus son ancienne cliente et si jamais une nouvelle affaire de ce genre se représentait à lui, il la déléguerait gentiment à un de ses confrères. Et surtout, éviter ce bistrot. Il songea à son amante, Julie, à qui il devrait donner rendez-vous ailleurs désormais. Ou qu'il devrait cesser de voir. Au fond, ce n'était pas très important. Il envisagea même un court instant de coucher avec Catherine, cela lui ferait peut-être passer son « syndrome de Clérambault » comme disait l'analyse psychiatrique, et puis il pourrait en profiter. Elle ne saurait rien lui refuser. Il rejeta vite l'idée farfelue qui l'enfoncerait certainement davantage encore dans les ennuis. Il fallait qu'il se change les idées, qu'il se remette au travail et tout cela disparaîtrait sans qu'il n'ait rien à faire. Il commença à éplucher son courrier du jour.

« Syndrome de Clérambault..., songea-t-il en étudiant d'un œil distrait un catalogue pour du mobilier de bureau. Quel nom pompeux pour dire érotomanie. »

Il repoussa le catalogue et c'est alors qu'il la vit. Une enveloppe sans nom, sans adresse, sans timbre. Il l'ouvrit avec appréhension.

À l'intérieur, trois feuillets recouverts d'encre orange laissèrent s'échapper des effluves de vanille.

Vingt centimes

« Eh madame ! »

Enroulé dans un épais col de fausse fourrure, le cou charnu de la passante se tourne vers lui.

« Vous auriez pas vingt centimes ? Pour un café… »

Le double menton de la passante frémit d'agacement et de mépris et elle reprend sa marche en gardant les yeux obstinément fixes.

Ne pas regarder cet importun… surtout ne pas le regarder.

Alan souffle bruyamment et pousse un grognement confus. Méchante femme ! Elle ressemble vaguement à Mady. Pas la Mady qu'il a connue à vingt ans, plutôt la Mady de la fin, celle qui ballottait sa graisse du club de lecture au club de couture.

« C'est elle, c'est Mady... » entend-il.

La grosse femme s'éloigne. Son pas lourd résonne sur les pavés.

« Mady... Mady... Mady... Mady... »

Elle le surveille. Il en est sûr. Elle est là pour l'espionner et pour le tourmenter. Mady, méchante Mady, vilaine Mady...

« Connasse ! » hurle-t-il en direction de la femme qui sursaute sans se retourner.

Il s'assied sur le trottoir, un vent froid passe sur ses chevilles décharnées, son pantalon est trop court, il entoure son crâne nu de ses mains. Il est gelé, il frissonne. C'est normal, pense-t-il, puisque je n'ai pas de vêtements. Un éclair argenté explose dans sa tête. Il se sent brutalement engourdi, il lève la tête sur la rue paisible qui lui apparaît étrange, en pointillés, dangereuse. Il sent une menace informe s'approcher de lui. Des milliers de voix envahissent la quiétude du lieu, s'infiltrent dans sa tête. Des voix qui martèlent « Mady », des voix qui hurlent « Pas de vêtements, pas de vêtements ! », des voix qui rient, qui se moquent, qui veulent lui faire du mal. Il pousse un long, très long gémissement, qu'il n'entend même pas, perdu dans le vacarme éblouissant, dans les pointillés assourdissants. Il touche ses bras, et ses bras lui semblent nus. Il ose un regard et constate qu'il n'a pas de vêtements. « Tout nu, tout nu ! » reprennent en chœur les voix.

Quand il relève la tête, il croise le regard du chat qui, à travers les rideaux de la maison voisine, l'épie chaque jour[1]. Curieusement, ces yeux-là ne lui font pas peur. Il s'y accroche, s'y enfonce et, autour du chat, la rue se reforme. La rue reprend sa place. Les contours sont plus nets, les pointillés se taisent, les voix disparaissent, il retrouve ses vêtements. Il se couche sur le pavé humide et joue avec une brindille.

Alan a repris sa marche. Il arpente les rues de la petite ville, comme il le fait chaque jour du matin au soir. Quand il est fatigué, ou juste comme ça, pour changer, il s'assied sur un bout de trottoir. Il harangue le passant, celui-ci qui avance d'un pas décidé comme s'il avait un but précis, un endroit où aller, un départ et une arrivée.

« M'dame... M'sieur... Vingt centimes pour un café ! »

Il y a ceux qui ne sont pas du coin et qui se laissent appâter, qui donnent un peu, contrits, la main forcée, la conscience tiraillée. Ils donnent une fois, deux peut-être, mais très vite ils renoncent, car s'ils donnent vingt centimes, Alan leur en demande cinquante ; quand ils en donnent cinquante, il réclame un euro. Ils se

---

1 Cf (...) Un chat à la fenêtre, paru en 2017.

lassent. La deuxième ou troisième fois, leur regard se ferme quand ils le croisent, ils ne donneront plus rien, contrariés d'avoir été bernés au premier abord. Il y a les lycéens qui se marrent sur son passage, les midinettes qui gloussent. Il y a ceux qui le connaissent depuis dix ans, vingt ans, depuis toujours. Ceux-là ne s'encombrent pas de courtoisies inutiles, ils envoient paître l'animal quand il est trop expansif, le tolèrent quand il somnole sur les dalles moussues de la rue piétonne. De temps à autre, on l'entend râler :

« Vous êtes pas gentille ! »

On l'entend ruminer des mots incompréhensibles, quelque chose comme « mardi » ou « radis », « caddie ». On ne comprend pas et on s'en contrefout. Sur sa santé mentale, les avis sont mitigés : certains le croient clairement fou, d'autres pensent qu'il fait semblant pour qu'on s'intéresse à lui. En tous les cas, on s'y est habitué.

Sur son bout de trottoir, il se balance d'avant en arrière. Les passants ne le considèrent même pas, ils ont trop pris l'habitude de le voir errer de caniveau en caniveau. Maigre comme un vieux chien sauvage, les genoux cagneux, le teint gris-jaune. Vieux jean trop grand, trop court, chemise usée, pull élimé. Vingt centimes pour un café. Toujours la même rengaine. Cigarillo éteint au coin de lèvres fines et sales, une écume blanche autour de la bouche. Le cheveu rare, blanc, gris, jaunâtre, en tous sens, épouvantail secoué par le vent.

« Baaah ! » hurle-t-il de temps à autre.

Cinq fois la journée, Alan s'installe à la terrasse du bar sous les arcades. « Sous les arcanes » dit-il, il a toujours confondu les deux termes. Il commande un café, le boit, le paie parfois et retourne sur son trottoir. Si la ville tout entière hausse les épaules en le voyant, personne ne serait fichu d'expliquer les raisons qui poussent Alan dans la rue du matin au soir, alors qu'il vit dans un appartement des plus acceptables et qu'il pourrait, comme tout individu désœuvré, somnoler devant son téléviseur la journée et taper une belote au cercle le soir.

Le midi, Alan rentre chez lui. Une dame, qui gère sa curatelle, l'y attend. Elle contrôle la propreté de l'appartement, le réprimande sur son hygiène, s'occupe des factures et de son compte en banque. Une autre, dont Alan ne retient pas non plus le nom, vient lui préparer à manger, laver le sol, nettoyer les sanitaires. Une autre encore vérifie s'il prend bien ses médicaments et discute avec lui. Parfois, il réalise que ce sont trois personnes distinctes qui se relaient ; souvent, elles se confondent toutes en Mady, le seul prénom féminin dont il se rappelle.

Mady lui dit qu'il est malade. Qu'il doit prendre ses médicaments pour ne pas faire une nouvelle crise. Il s'exécute, mais il arrive aussi qu'il fasse semblant de les prendre. Mady l'engueule, Mady est toujours sur son dos. Mady, Mady, Mady.

Hier, Alan s'est fait un copain. Il traîne dans la rue lui aussi, il parle tout seul, parfois il chante. Il est maigre, long, noir, enveloppé dans une veste rouge dix fois trop grande pour lui. Il se poste à côté d'Alan sans rien dire. Ils ne parlent pas beaucoup tous les deux. Alan l'aime bien, même s'il le trouve fou. Le soir même, il en parle à Mady.

L'infirmière soupire.

« Je vous ai déjà dit que je ne suis pas Mady... »

Il la regarde, perdu. Il réfléchit. Non, ce n'est pas elle, ce n'est pas Mady.

« Mady, c'est ma femme. Mais elle est partie. »

Il tourne sur lui-même comme un chien qui tente d'attraper sa queue.

« Connasse ! »

L'infirmière lève les yeux au ciel. Elle est habituée, elle ne dit plus rien. Elle ne dira surtout pas que la Mady en question, Madeleine de son vrai nom, est en réalité la mère de ce vieux fou. Et qu'elle est effectivement partie, des années de cela, mais pas de son plein gré, plutôt les deux pieds devant. Elle ne lui rappellera pas non plus que tout cela n'est qu'hallucinations d'un schizophrène paranoïde, c'est ce qui est marqué dans le dossier. Elle ne dira rien, elle aime bien ce vieux bonhomme, il lui fait pitié.

L'après-midi, il retourne dans la rue. Il s'assied sur le trottoir devant chez lui. Il a l'impression d'avoir marché des kilomètres. Et soudain, des picotements dans son cerveau. La peur le saisit. Il fait une crise, comme dirait Mady.

« Mady ! Mady ! Mady ! » chantent les voix dans sa tête.

Il contemple avec horreur le ciel. Il regarde autour de lui, il aimerait crier, personne ne semble s'apercevoir que le ciel est en train de fondre sur les immeubles. Le ciel coule, coule, bientôt il l'aura englouti, et les voix prennent de l'ampleur :

« MADY ! MADY ! MADY ! »

Il gémit :

« Le ciel ! Le ciel ! Le CIEL ! »

Il a hurlé. Un passant se retourne et le dévisage d'un air effrayé. Alan tourne sur lui-même, Alan a peur, Alan pleure, personne pour l'aider, ils lui en veulent tous, ils vont lui faire du mal, ils sont méchants, méchants.

Enfin, son regard se pose sur l'immeuble voisin. Il voit le chat sauter par la fenêtre entrouverte, une femme tenter de le retenir. Le chat tourne ses yeux dorés vers lui, et il entend :

« Tu viens ? »

Alan se lève sans bruit et le suit.

La vie arc-en-ciel

J'en ai de toutes tailles, de toutes formes, de toutes couleurs. J'en ai même des roses en forme de cœur. comme la Lolita de Nabokov.

Tu sais, on me dit souvent : « arrête de te cacher derrière tes lunettes, montre tes yeux », des conneries de ce genre. Toi aussi, tu me le dis. Un peu souvent, même. Mais j'aime porter des lunettes, la vie est moins terne ainsi. Elle est de la couleur et de la forme que je veux, et je peux en changer aussi souvent que je le souhaite, plusieurs fois par jour si ça me chante.

Quand tu m'as appelée il y a quatre jours, je portais mes ovales à monture dorée, je m'en souviens bien. Tu ne semblais pas très en forme, tu avais la voix des mauvais jours. « Ça ne t'ennuie pas de passer me voir ? » tu m'as demandé. J'ai soupiré un peu fort, tu as continué : « Je déprime un peu, mais rien de grave, hein. Si tu ne peux pas, tant pis. » J'ai dit OK, mais en fin de journée alors. Ça t'allait. Je ne me suis pas posé de questions. Conne que je suis.

Faut dire, ça t'aurait fait mal, un peu de gaîté de temps en temps ? Au début, j'étais compréhensive, compatissante, consolante. Je t'ai soutenue. « Tu en trouveras un autre », ai-je dit quand tu as perdu ton boulot ; « vous en aurez d'autres », ai-je osé après ta fausse couche ; « c'était un con », ai-je affirmé quand ton mari a foutu le camp. La vie s'acharnait sur toi. Je ne pouvais que m'en attrister, c'était du moins la réaction qu'il convenait d'avoir à l'égard de sa meilleure amie de toujours. Au fond de moi, j'en éprouvais une certaine réjouissance. Toi, l'enfant adorée, l'adolescente populaire, la femme parfaite, toi enfin, tu descendais de ton nuage. Le cumulus sur lequel la vie t'avait si longtemps bercée s'était désintégré. Enfin, les rôles s'inversaient, tu n'étais plus qu'une pauvre femme malheureuse. Tu me laissais un peu de place pour exister.

C'est ce que j'ai pensé au début. Il s'est avéré que je me trompais lourdement. Tu ne supportais pas de voir ta vie t'échapper. Alors, c'était plus fort que toi, il a fallu que tu m'emportes dans ce siphon malodorant qu'était devenue ton existence. Impossible de compter le nombre de soirées que j'ai sacrifiées pour te réconforter. Sous couvert de malheur, tu as commencé à me prendre de haut. « Tu es si superficielle, ma pauvre Léa. », « C'est moi ou tes lunettes sont de plus en plus ridicules ? », « En plus, ça ne va pas du tout à ton visage, cette forme... ». J'entends encore ta voix grinçante, ton sourire satisfait. Souvent, je ne relevais même pas. Quand je me rebiffais, tu te réfugiais dans ta dépression, tu versais d'épaisses larmes, me suppliais de passer l'éponge, si bien que je culpabilisais, si bien qu'après c'était moi qui tentais de me faire pardonner.

Avant l'enterrement, je me suis longuement préparée. J'ai enfilé une petite robe noire, pas très belle, un peu trop rigide, et des ballerines, noires aussi. J'ai essayé toutes mes lunettes. Les rondes et jaunes donnaient l'impression d'un vieux Polaroid ; les noires assombrissaient trop mon monde, les rectangulaires rouges me semblaient sinistres. Et puis j'ai trouvé les bonnes.

Tu étais dépressive, tu étais malheureuse, tu avais tout perdu. Pourtant, je n'aurais jamais cru que tu le ferais pour de bon, que tu passerais à l'acte.

Tu t'es pendue.

J'aurais dû être plus présente. J'aurais dû être avec toi à ce moment-là, te consoler, te pousser à sortir, à reprendre contact avec le reste du monde. J'aurais dû...

Trop tard. Quand je suis arrivée en fin d'après-midi, je t'ai trouvée balançant mollement au bout d'une corde. Le visage gris et violacé, les yeux ouverts, vitreux, révulsés. J'ai poussé un cri, me suis précipitée dehors pour vomir. En pleurant, j'ai appelé les secours. Trop tard, bien trop tard.

Un suicide. C'est du moins ce que j'ai raconté à la police.

Ils t'ont descendue dans le trou. Progressivement, par à-coups, un côté puis l'autre. En parlant à voix très basse. Avec quelques-uns qui laissaient échapper des cris aigus de chouette blessée, étouffés à grand peine dans des mouchoirs informes. De mon côté, je retenais un sourire.

Que voulais-tu que je fasse ? J'ai mis mes lunettes, pour te voir disparaître en rose et bleu.

Les mots des autres

C'est l'histoire d'un écrivain qui écrivait sur un écrivain, qui écrivait sur un écrivain, qui écrivait sur...

Philippe envoya voler les feuilles griffonnées à travers le salon. Nul, c'était nul. Une histoire qui ne servait à rien. Il ne savait plus écrire. Il ramassa une feuille dénaturée par un stylo baveux. La chiffonna. En fit une boule bien serrée entre ses doigts. En conçut un plaisir obscur. Se jeta sur les autres feuilles. Les piétina en riant.

Après tout, à quoi lui servait d'écrire ?

Il saisit une cigarette dans son étui, la porta à ses lèvres... Et merde ! Il avait encore pris la mauvaise clope, celle qui était cassée. À chaque fois, sur toutes les cigarettes qu'il y avait dans l'étui, il prenait celle-là. Il l'avait cassée, cela faisait quelques jours déjà, mais il n'était pas décidé ni à la fumer ni à la jeter. Quand on sait le prix d'une clope de nos jours !

Pour quoi faire, écrire ?

De toute façon, il écrivait déjà bien assez comme ça. C'était son métier, il était écrivain public. Biographe. Ça faisait plus tendance. Bon, en fait, ça se résumait à écouter des gens dans un salon inconnu raconter leur vie, leurs amours disparues, leur enfance dans le Poitou ou dans toute autre campagne, et comment ils s'étaient mariés, comment ils avaient vécu, comment ils n'avaient rien à dire, rien, absolument rien, et à quel point ils voulaient le transmettre, tout ce rien. Des personnes âgées pour la plupart, ses clients, des vieilles pommes ridées qui décidaient d'écrire le roman de leur vie comme on rédige un testament. Il n'était pas rare qu'ils se sentent après ça des écrivains en herbe. Mais c'était lui, Philippe, qui les écoutait, enregistrait leurs voix patinées sur son ordinateur, puis retranscrivait, réécrivait, réinventait leur histoire en endossant les personnages de ses clients.

Régulièrement, on ne pensait pas à le remercier. On lisait le livre fraîchement imprimé sur papier bouffant, on hochait la tête d'un air satisfait, on ne manquait pas de relever la seule coquille restant dans le texte, mais bon ce n'est pas bien grave, Philippe, ajoutait-on avec magnanimité, ça fera l'affaire quand même. Le client était roi, et il le savait.

Il y avait aussi le client plaintif, celui qui ne relatait sa vie passée que pour s'en plaindre, comme leur existence avait été difficile et comme la société ne les avait pas épargnés, ah ! Vous savez, Philippe, je n'ai pas eu une enfance heureuse, je n'ai pas connu mon père, ma mère était froide comme un caillou, mon chien est mort quand j'avais trois ans, je ne m'en suis jamais remis. Ces gens-là détenaient le monopole de la souffrance. Forme de narcissisme, manière comme une autre de se valoriser puisque, malgré toutes les épreuves qu'ils avaient traversées, ils s'en étaient toujours sortis. Risible, songeait Philippe. Ces gens-là s'en sortaient toujours. Leurs lamentations les sauvaient. Ils étaient de cette catégorie de personnes qui s'appuyaient sur les autres, qui pesaient de tout leur poids sur son dos à lui, qui transvasaient leur vécu douloureux dans son esprit à lui, qui l'empoisonnaient, qui l'asphyxiaient.

Philippe était empli de la vie des autres. Il ne lui restait rien de lui-même. Il écrasa son mégot dans le ramequin qui faisait office de cendrier. Se força à contempler longuement ce qui lui servait de *home tweet home* : un clic-clac pour lit, une salle de bains aussi grande qu'un WC, une cuisine « à l'américaine » avait affirmé triomphalement l'agent immobilier qui lui louait le minuscule studio. Tu parles ! Un évier, deux plaques de cuisson, un petit frigo, elle était belle, la cuisine américaine ! Un bureau Ikea qu'on ne distinguait même plus sous la masse informe et vacillante des papiers, dossiers, en équilibre, prêts à tomber. Comme lui. Un ordinateur. Une imprimante. Des stylos, partout. Et des volutes de fumée, grises, spectrales, qui emplissaient tout son ciel.

Volutes de fumée, vapeurs d'alcool. Le soir, il se rendait au centre-ville de Bordeaux et passait de bar en bar. Il essayait d'écrire. Sans grand succès. Son imagination ne faisait pas le poids face à la réalité des autres. Il portait en lui trop de vies qu'il n'avait pas demandé à connaître. Il abandonnait son calepin et buvait. Espérant ainsi endormir le flot de voix qui ne cessaient de le harceler, nuit et jour, les faire taire pour s'entendre un peu dans tout ce brouhaha. Et puis, non, ça ne marchait pas, alors il buvait, encore, encore, juste un peu, un dernier verre, et un autre, jusqu'à ce que le sommeil le saisisse enfin.

C'est l'histoire d'un écrivain qui écrivait sur un écrivain, qui écrivait sur un écrivain, qui écrivait sur...

Encore une histoire de fous.

Encore une histoire qui ne sert à rien.

La désenfantée

L'Arno scintille sous la lumière argentée du matin. Elle regarde le fleuve en plissant les yeux. Un frisson la parcourt. La fraîcheur de cette ébauche de jour se colle à sa peau, écrin froid et humide qui l'enveloppe, la contient, la replie sur elle-même. Elle s'est arrêtée au milieu du *ponte alla Carraia,* elle regarde si elle est seule. Elle contemple sa solitude. D'un geste las, elle allume une cigarette, tire une bouffée sans conviction, déporte le regard sur sa droite, tire une deuxième bouffée, balance la cigarette par-dessus le pont. L'observe qui tombe dans le fleuve et s'éteint sur l'eau sans heurt. Un cri aigu la sort de sa mélancolie. Elle sourit, se penche sur le landau bleu, caresse la joue de l'enfant.

« Chut... Maman est là. Dors, mon tout petit. »

Dors, mon tout petit... Tout a commencé quand l'enfant l'a réveillée. Nino est dans ses bras, elle sur le canapé vert pomme du salon. Elle somnole sous le coup de trop nombreuses nuits sans sommeil, laissant s'évaporer un peu de sa conscience, pensant par bribes. Elle contemple d'un demi-oeil les taches qui parsèment le tissu du canapé (marques récalcitrantes de vomi et auréoles indéfinissables), se dit qu'il faudrait le nettoyer, qu'elle n'arrivera pas à récupérer le tissu, trop vieux, trop abîmé, qu'il faudra racheter un canapé, un jour, pas maintenant, elle ne peut pas se le permettre. Ses pensées dérivent sur le découvert de plus en plus prononcé de son compte bancaire, sur le frigo vide. Elle songe aux courses à faire et à la vieille Anita qui l'a accaparée une bonne demi-heure la dernière fois au *mercato*, à la bassiner avec son fils qui vit à Bologne depuis deux ans et qui ne lui rend plus visite, ou si peu, jamais assez pour une mère. « Trop de travail, prétend-il, mais dites, ma chère Silvia, Bologne ce n'est pas le bout du monde tout de même. Il travaille trop cet enfant, il se tuera à la tâche. C'est que, dans la famille, on a toujours travaillé dur. Son père, mon pauvre mari, c'est ça qui l'a achevé juste avant la retraite. Enfin, il a dit qu'il viendrait en juin, promis *mamma*, ah ! le chenapan. Je vous le présenterai, tenez. Il vous plaira, c'est un bon garçon, mon fils, et qui gagne bien sa vie avec ça. Cela ne vous ferait pas de mal parce que, ma pauvre, être seule à votre âge avec un nourrisson, ça fait peine, je vous le dis. Vous savez, si vous vous apprêtiez un peu, vous auriez une foule de prétendants, toute belle que vous êtes. » Et Silvia de toujours décliner en souriant pâlement, mais non, Anita, ne vous inquiétez pas, et puis les hommes, j'en ai fini, ces *bastardi*. « Pas mon fils ! », s'écrie l'Anita. Non, bien sûr, pas votre fils.

Cette fois, Silvia l'évitera, pas le courage d'affronter la litanie invariable de la vieille, sa démarche de culbuto et sa mémoire défaillante.

Elle s'endort, elle sombre. Le canapé moelleux devient liquide, ondulant, houleux. Elle se laisse porter. Le salon humide et froid, décoloré par la lumière grise qui traverse la fenêtre, elle ne le voit plus. Tout cesse d'exister. Elle se réfugie dans la chaleur rose et ronde de son Nino. Son petit Nino qui s'étouffe...

Elle émerge brutalement, ouvre les yeux sur le bébé qui émet des bruits inquiétants.

Une semaine plus tôt.

« Dites, Silvia, vous m'écoutez ? »

Anita regarde d'un œil sévère la jeune femme qui hoche distraitement la tête. Pauvre fille, pense-t-elle dans un soupir contenu. La vie ne l'aura pas épargnée, la Silvia. Un enfant à charge, pas de mari, pas de travail. Fille-mère, une honte. Dans sa jeunesse, à Anita, on n'aurait pas toléré ça. Les enfants, c'était dans le cadre du mariage et puis c'est tout. Non que ce fût une garantie de bonheur, mais c'était comme ça, c'était l'éducation à l'ancienne. Anita aime bien cette petite, malgré tout, elle la verrait bien avec son fils, qui à trente-deux ans est toujours célibataire. Elle aimerait tant être grand-mère avant de casser sa pipe ! Et Nino est un gentil bébé, paisible, doux... Un petit-fils comme ça, se dit-elle, ce serait le rêve. À condition d'oublier qui en est le père.

Silvia écoute Anita d'une oreille distraite. Toute son attention est focalisée sur Nino qui babille dans le berceau.

Son petit Nino qui s'étouffe...

De rose, le visage poupin passe au bleu. Les lèvres se parment ; le regard de l'enfant s'accroche quelques secondes à celui de la mère..., puis se fane, s'éteint, s'évanouit.

Six mois plus tôt.

Alfonso est mort. Il s'est pendu dans sa cellule ce matin. Voilà ce que lui a dit le centre pénitencier quand elle a voulu rendre visite à son compagnon. Elle voulait emmener Nino, lui montrer à quel point son fils était beau. Au lieu de quoi elle est restée prostrée sur la chaise inconfortable de la cuisine. Elle a pleuré, un peu. Son homme est mort. Son homme les a abandonnés, elle et Nino. La colère a jailli en elle. Alors qu'enfin, elle lui a donné un enfant, un tout petit, celui qu'ils désiraient tant tous les deux, voilà qu'il se défile, le *bastardo*. Ses yeux se brouillent sur l'enfant désormais orphelin de père. Elle sait pourquoi Alfonso s'est pendu. Pas à cause de l'emprisonnement, pas seulement. Il aurait sans doute bénéficié d'un aménagement de peine dans les mois à venir. C'est quand elle lui a annoncé la naissance de Nino deux mois auparavant. Elle a vu dans le regard d'Alfonso l'incompréhension. La peur, aussi. Quel lâche ! Sa mère l'avait pourtant prévenue... Elle lui avait dit qu'Alfonso était un imbécile. D'ailleurs, sa mère n'avait pas besoin de la mettre en garde, Silvia le savait. Dès qu'ils avaient commencé à se fréquenter, elle avait compris que l'Alfonso était un idiot. Tout se confirme à présent : il n'a pas assumé, il a préféré les abandonner. Silvia prend Nino dans ses bras. Tant que son fils est avec elle, le reste importe peu.

Puis se fane, s'éteint, s'évanouit.

Elle a couru à la cuisine, Nino dans ses bras. L'a posé sur la grande table couverte de miettes et de ronds collants. A ouvert le robinet, a jeté le torchon sous l'eau.

Reviens, Nino.

Réveille-toi.

Elle a passé le torchon gorgé d'eau sale sur le visage terne.

Réveille-toi, Nino.

Reviens-moi.

L'enfant ne bouge pas.

Neuf mois plus tôt.

Elle a peur pour lui. Tout le temps, même quand elle dort. D'ailleurs, elle ne dort plus vraiment. Peur qu'il ait un problème, qu'il soit malade, qu'il tombe, qu'il ait froid, faim, soif, peur qu'il meure. Peur de lui faire du mal. Alors elle le prend dans ses bras précautionneusement, elle se réchauffe à lui avec des gestes délicats à l'extrême, elle étouffe de bonheur et de peur dans son petit cou à l'odeur molle et ronde.

Elle l'aime. Elle l'aime. Elle l'aime. Son Nino à elle. Tant pis pour Alfonso. Cet imbécile a fait le con, tant pis. À force de petits coups minables censés leur apporter tout le confort nécessaire, il se retrouve à l'ombre pour deux ans et elle sans rien pour vivre, juste l'appartement hérité des grands-parents d'Alfonso. Elle ne peut pas travailler avec le bébé et ne compte que sur elle-même pour survivre, et la solidarité de quelques personnes en manque de charité, comme Anita. Tout ça à cause d'Alfonso…

Elle s'en fout. Elle a Nino. Aussi longtemps qu'elle aura Nino, elle sera heureuse.

Son seul secours, son salut, la promesse d'une autre vie. Le seul recours dont elle dispose, depuis que sa mère l'a mise à la porte et que son homme s'est fait stupidement coffrer.

Elle et Nino. Pour l'éternité.

L'enfant ne bouge pas.

Le téléphone. Appeler les secours. Vite.

Son portable est resté sur la console du salon. Il faut aller le chercher.

Il faut.

Elle a le réflexe de reprendre l'enfant avec elle. Mais il ne bouge plus. Sa peau bleutée la terrifie. Elle le laisse.

Un an plus tôt.

« Poussez ! »

La jeune femme puise en elle des forces qui lui font défaut. Elle pousse, pousse, pousse, et à force ne le fait pas tant pour sortir l'enfant que pour ne plus entendre les aboiements de la sage-femme. Elle a mal. La péridurale n'a pas pu être faite, plus le temps. Elle a mal, elle a l'impression que le bébé lui arrache les entrailles, s'accroche aux parois de son ventre, refuse de sortir.

Mal, si mal.

Elle a envie que tout s'arrête. Que le bébé reste dans son ventre, qu'il y reste pour la vie si ça lui fait plaisir, pourvu que ça s'arrête, pourvu qu'elle n'ait plus mal.

La tête est sortie, les épaules aussi. Une dernière poussée, entend-elle. Une dernière... Elle se concentre, elle a peur soudain, se dit en poussant qu'elle n'aurait pas dû le garder, cet enfant, non, pas si jeune, qu'est-ce qu'elle va en faire, elle n'arrivera jamais à s'en occuper.

Il est sorti. Il crie. Il pleure. Elle aussi.

« Il faut le mettre en couveuse » aboie la voix rêche de la sage-femme.

Non, murmure-t-elle, non, c'est mon enfant, le mien, laissez-le.

Elle sombre dans le brouillard tandis qu'on emporte le nouveau-né.

Elle le laisse.

Court récupérer le téléphone mobile dans le salon. N'y parvient pas. Ses jambes tremblent.

Comme un automate, elle retourne dans la cuisine.

Observe longuement l'enfant qui dort.

Un an plus tôt.

Les yeux clos, minuscule, il a l'air d'un enfant perdu. Silvia s'approche de la couveuse sans bruit. Elle a réussi, elle ne sait trop comment, à se faufiler dans le service de l'hôpital sans alerter personne. Une blouse d'aide-soignante délaissée dans les vestiaires lui a permis d'entrer sans être appréhendée. À présent, il y a cet enfant qui dort et elle qui sait qu'elle doit le protéger. Où est la mère de l'enfant ? Étrange question, se réprimande-t-elle. Maintenant, c'est moi, sa maman.

« Nino... »

C'est son Nino, cela ne fait aucun doute. Avec douceur, elle sort l'enfant de la couveuse et le presse contre sa poitrine. Elle boutonne délicatement sa blouse par-dessus, caresse le petit visage rose. Elle inspire longuement, quitte la pièce. Dans les couloirs, quelques personnes la dévisagent. Elle s'attend à être interpellée, arrêtée, à devoir rendre l'enfant, mais non, personne n'ose. Ou bien personne ne fait très attention à elle. Elle traverse des couloirs vides et des salles d'attente pleines, puis se retrouve dehors. Elle n'ose y croire.

Il fait un peu frais. Elle étreint Nino pour le réchauffer. Elle va rentrer, à présent. À l'appartement, tout est prêt pour accueillir le nouveau-né : berceau, vêtements, langes, lait en poudre, couvertures... Dans le quartier, tous ont réellement cru à sa grossesse, ce qui a fait causer. « Pauvre gosse, se sont-ils écriés. Si jeune ! Et le père qui est en prison, avec ça... » Beaucoup ont fouillé dans leurs cartons pour retrouver les affaires de leurs enfants, beaucoup ont donné pour le petit à naître.

Silvia n'a pas l'impression de leur avoir menti. Son ventre s'était vraiment arrondi pendant les neuf mois de la présumée grossesse, elle pensait être enceinte. Une échographie avait mis à mal son euphorie. Pas d'enfant. Grossesse nerveuse, lui avait-on dit, avec une sorte de reproche dans la voix.

Mais il est là, son Nino. Dans ses bras. Endormi contre son sein.

L'enfant qui dort…

Mais en s'approchant, c'est la pâleur de la peau qui la frappe. C'est l'immobilité totale, la rigidité des traits. Elle saisit dans un frisson le poignet du bébé. Écoute…

Recule brusquement, ne sentant aucun pouls.

Nino est mort.

Cinq ans plus tôt.

Recroquevillée sur le lit, elle serre contre son cœur les chaussettes bleues, celles qu'elle avait achetées un an auparavant.

Un an déjà… Elle se revoit les acheter, elle venait juste de l'apprendre, et elle s'était précipitée avec bonheur dans le centre commercial le plus proche, déambulant les yeux vagues dans les rayons. La paire de chaussettes était en promotion. Elle l'avait achetée. « Malheur ! On n'achète jamais de vêtements avant ! » aurait dit sa mère si elle l'avait vue. Superstition, avait songé la jeune fille en passant à la caisse.

Elle n'aurait pas dû les acheter. À cause d'elles, Nino n'est plus là. Recroquevillée sur le lit, elle étreint les chaussettes bleues que son enfant ne portera jamais.

Au pied du lit, la valise en toile rose est prête. Elle n'emporte que peu de choses, et aucun souvenir. Son portable vibre, Alfonso l'attend en bas de chez elle. Elle se redresse douloureusement. Ils ont décidé de fuguer ensemble, ils vont partir à Florence, où Alfonso vient d'hériter de l'appartement de ses grands-parents. « La *dolce vita* nous attend, ma belle, a-t-il dit, rien que toi et moi ». « Et Nino », a-t-elle répondu. Il l'a regardée bizarrement.

À pas de loup pour ne pas réveiller sa mère, les chaussettes dans une main, la valise dans l'autre, Silvia quitte sa chambre d'enfant pour toujours.

Nino est mort.

Elle l'a déposé dans son berceau, dans l'unique chambre de l'appartement. Elle a tiré les persiennes pour que la lumière ne dérange pas son petit.

Elle a chanté une berceuse.

Six ans plus tôt.

« Non. »

La voix de la mère claque, sévère, implacable, impériale. Silvia ne s'y attendait. Elle espérait voir sa mère se réjouir, la féliciter, l'entourer de soins et de conseils.

« Tu es devenue folle ? Tu te rends compte de la situation dans laquelle tu t'es mise ? »

Silvia ferme les yeux. Elle ne veut plus voir le visage rouge et déformé par la colère de la mère, refuse d'affronter le regard dur, la veine qui palpite au front maternel, les lèvres plissées, le corps tendu. Sa main droite effleure par réflexe son ventre encore plat et qu'elle aimerait déjà rond. La mère poursuit :

« À seize ans, ça promet. Je ne t'ai pas élevée comme ça, pourtant. Moi qui ai tant trimé pour toi...

— Tu m'as toujours dit que tu voulais des petits-enfants..., souffle Silvia.

La tirade maternelle s'est interrompue. Silvia ouvre les yeux sur la tête éberluée de la mère.

« Tu es bête ? Des petits-enfants, bien sûr, mais quand tu seras mariée et convenablement installée.

— On peut se marier, si tu veux...

— Avec ce petit voyou d'Alfonso ? Jamais, tu entends, jamais ! Tu veux donc me faire mourir de honte ?!

— Il est très bien, Alfonso.

— C'est un voyou, un fainéant, un incapable. Jamais tu n'épouseras cet imbécile !

— Je m'en fiche d'Alfonso ! Maman, je veux garder cet enfant. »

Elle pleure. Elle ne peut arrêter les larmes qui coulent jusqu'à son menton. Elle aimerait. Ne pas pleurer, se battre, être forte pour son petit, son fils, son Nino. Elle essaie encore :

« Je pensais que tu me comprendrais, toi qui m'as élevée seule. Tu m'as eu à peu près au même âge, non ? »

Elle enchaîne dans un sourire froid :

« Je ne fais que poursuivre le schéma familial, je fais comme toi. Tu devrais être fière, parce c'est un peu de ta faute. Toi aussi, tu t'es fait culbuter par le premier venu... »

La gifle est partie. La brûlure sur sa joue la fait taire. La mère se détourne brusquement, signe que toute discussion est désormais impossible.

« C'est décidé : tu avorteras. »

Elle a chanté une berceuse.

Puis elle est sortie de la chambre, a enfilé son manteau, a quitté l'appartement sans fermer.

Faire les courses, s'est-elle dit.

Le *mercato* est comme chaque matin envahi par une foule épaisse et aboyante, mais les éclats de voix ne l'atteignent pas.

Au loin, Anita réprimande un vendeur à l'étal et ameute tout un chacun avide de connaître l'issue du scandale. Beaucoup se sont regroupés autour d'elle et ceux qui ne se sont pas déplacés ne peuvent s'empêcher malgré tout de regarder la scène.

Silvia avance sans rien voir. Faire les courses pour Nino et elle. Soudain, elle réalise. « Où est Nino ? » pense-t-elle. Elle ne peut pas l'avoir laissé à la maison, non, elle n'est pas comme ça. Elle n'a jamais oublié son fils. Elle regarde autour d'elle, l'a-t-elle perdu ? Quelque chose d'effrayant émerge en elle, semble vouloir l'aspirer... Nino bleu, Nino parme, Nino qui dort...

Devant elle, abandonné par une femme que les cris d'Anita ont détournée de son chemin, un landau à rideaux bleus encadre les pleurs d'un bébé.

Elle s'approche du visage brique de l'enfant en colère.

« Nino... »

Rassurée, elle saisit le landau et quitte le *mercato* avec l'enfant.

L'Arno scintille sous la lumière argentée du matin. Elle regarde le fleuve en plissant les yeux. Un cri aigu la sort de sa mélancolie. Elle sourit, se penche sur le landau bleu, caresse la joue de l'enfant.

« Chut… Maman est là. Dors, mon tout petit. »

Une ombre passe devant ses yeux.

« Tu n'es pas mon tout petit… »

Quel est cet enfant ? Ce n'est pas le sien. Il a le visage épais et un nez comme un groin de cochon. Sa bouche est trop large, ses yeux trop collés.

Où est Nino ? Où est Nino ? Où est son Nino plein de vie, gazouillant, tout chaud, tout rose, bleu, parme, endormi, mort ? Nino… NINO !

L'enfant dans le landau lui sourit.

L'ombre se disloque.

« Oh, mon Nino, mon enfant, mon bébé, tu es là. »

Elle saisit le landau.

Reprend sa promenade, paisible.

« Allez, mon tout petit. On rentre à la maison. »

Tout va bien

« Je ne vous souhaite pas beaucoup de bonheur, vous vous ennuieriez. »
Fédor Dostoïevski, Les Démons

Il était une fois un homme heureux.

Il était une fois un homme sans problème qui rentrait d'un pas tranquille chez lui, un mercredi de mai, fin d'après-midi, qui effectuait dans les rues pavées de sa petite ville le trajet quotidien travail-domicile, sous un soleil encore persistant, un soleil présent, plaisant, pas éblouissant, simplement agréable.

Marchant, cet homme pensait à quel point tout allait bien. Comme chaque jour, il venait de quitter son travail d'agent immobilier, qui lui plaisait et qu'il effectuait sans zèle particulier mais avec passion tout de même. Dans son agence immobilière, il s'occupait des locations. Ce n'était pas le boulot le plus trépidant qui soit, mais c'était agréable. Et puis, avec le temps, il savait qu'il pourrait évoluer. Il ne possédait pas encore sa carte professionnelle, mais c'était en bonne voie. Il faisait bien son travail, était apprécié de ses collègues comme de sa hiérarchie. Il faisait l'unanimité. Chacun soulignait sa ponctualité, sa jovialité, son caractère avenant, son dynamisme. L'avenir lui souriait.

Il s'apprêtait à retrouver sa femme et son fils. Son épouse était une créature délicieuse aux longs cheveux bruns et aux yeux rieurs. Elle était d'un naturel plaisant, un peu fade peut-être, ce qui la rendait agréable au quotidien. Elle avait mis de côté sa carrière de commerciale à la naissance de leur fils et cela ne semblait pas lui manquer particulièrement. Elle reprendrait quand l'enfant serait suffisamment grand, quand elle en aurait envie, pas dans l'immédiat. Le fils était tel que sont tous les enfants aux yeux de leurs parents : merveilleux. Il ne présentait aucune singularité, mais pour le couple, c'était purement et simplement un enfant exceptionnel, un petit génie, un être juste magnifique, incroyable, extraordinaire. Leur fils, en somme.

La famille s'était endettée sur vingt ans pour s'offrir une maison récente dans un pavillon sans âme où tout se ressemblait. Cent mètres carrés, de plain-pied – « pratique quand on sera âgés » avait dit l'épouse –, trois petites chambres, une salle de bains, une cuisine ouverte sur un salon aux grandes baies vitrées, et un jardin à la pelouse bien entretenue, égayée par quelques plantes en pot. Ils étaient encadrés de voisins, qui possédaient des maisons similaires, et s'entendaient bien avec eux.

Le week-end, ils allaient déjeuner tantôt chez les parents de l'épouse, tantôt chez ses parents à lui. Pendant les fêtes, ils faisaient le « tour familial » : repas chez la tante, café chez l'oncle, apéritif chez le cousin... Ils s'entendaient tous bien, et rien ne semblait pouvoir troubler cet état de fait.

En somme, tout allait bien.

Tous les jours. Tout le temps.

De manière inaliénable.

Tout se ressemblait, et rien n'avait de saveur. À être trop heureux, il n'y avait plus de bonheur. Il n'y avait qu'un temps continu. Toujours le même tempo, toujours la même mélodie.

C'était en somme un homme heureux d'un insoutenable bonheur. Marchant, cet homme pensait à quel point il ne supportait plus que tout aille bien. Il songeait que le succès laissait dans la bouche un goût d'échec. Que ces deux sentiments n'étaient pas antonymes en lui. Que son épouse était si prévisible qu'il pouvait sans trop se tromper entrevoir ce qu'elle allait devenir dans les cinquante ans à venir. Que son fils n'avait rien d'un génie, que c'était juste un gosse au visage régulier et boudeur et aux gestes maladroits. Que leur maison ressemblait à toutes les autres. Qu'il pourrait même se tromper de porte un jour. Que leur famille était parfaite. Tellement parfaite...

Ce n'était plus possible.

Il fallait trouver une issue.

Détruire. Mais comment ?

Sa main effleura dans la poche de son jean le canif que son grand-père lui avait offert pour ses dix ans. Un cadeau qu'il avait toujours conservé sur lui et dont il ne s'était servi que pour couper du saucisson ou lorsqu'il allait en forêt chercher des champignons avec son père.

Il avait trouvé comment tout détruire.

Un peu plus loin, une passante. Jean, chemisier. Cheveux au carré. Aucun signe distinctif.

Parfait.

« Tout va bien », répéta-t-il.

Un éclair sombre le traversa.

Il sortit le canif de la poche, l'ouvrit d'un geste sec. S'immobilisa devant la passante.

Il lut l'incompréhension dans ses yeux quand il la poignarda.

Merlu

à la divine onychophage de Milo

Très tôt, j'ai commencé à me ronger les ongles. Dès l'âge de sept ou huit ans. Je les grignotais sans m'en rendre compte et cela m'énervait. Voir mes ongles dans cet état, fins, brisés, abîmés, m'agaçait terriblement. Je les rongeais encore plus, jusqu'à qu'il n'en reste que la moitié, tout au plus. Mes parents ne s'en inquiétèrent pas vraiment au début, si occupés qu'ils étaient à mettre en route un nouveau bébé – un petit frère ou une petite sœur, tu te sentiras moins seule comme ça, m'avaient-ils dit – mais avec le temps, ils avaient été contraints de s'en apercevoir, de mesurer le désastre qui se produisait chaque jour davantage sur mes doigts. Les remontrances, les interdictions, le vernis amer n'eurent aucun effet sur ma manie. Pire, elle s'étendit. Je me rongeais ainsi les cuticules, les petites peaux mortes autour des ongles. J'avais ce besoin irrépressible d'une peau lisse et parfaite. Quand il n'y avait plus de peaux mortes, j'en créais de nouvelles, j'arrachais de petits morceaux de peaux et les mangeais. Les manger relevait du réflexe, je le faisais sans y songer. Les doigts en sang, je finis par attaquer la paume de mes mains. À peu près en même temps que je commençai à me ronger les ongles, une autre manie se développa, celle de me mâchouiller les lèvres, que j'avais gercées ; cela formait des petites peaux qui me gênaient et que, suivant le même processus, j'arrachai et mangeai. Je mordais aussi l'intérieur de ma bouche, la peau y repoussait blanche et molle, et je l'enlevais à nouveau, inlassablement.

Cela se poursuivit des années. Adolescente, je remplaçai les mains par les pieds, que j'épluchais méticuleusement le soir en rentrant du collège. Ce rituel, pour étrange et honteux qu'il fut, m'apaisait. La douleur était aussi plaisir. J'avais mal et cela me faisait du bien. Comme quand on gratte une piqûre de moustique. Je vivais ces instants-là dans une bulle, un cocon protecteur qui me permettait de ne pas entendre les reproches de mes parents sur mes bulletins scolaires et les cris de ma petite sœur qui, après des années d'essais, avait fini par naître.

Je n'en parlais à personne. Je cachais mes mains couvertes de cicatrices sous des mitaines l'été, des gants l'hiver ; je ne portais jamais de chaussures ouvertes ; je mettais du rouge à lèvres. Une fois, une seule, je m'en ouvris à une copine qui me dévisagea, ébahie, me traita de « folle à lier » et voulut me « dénoncer » à notre professeur principal, parce que « franchement, Mélu, ça va pas la tête de faire des trucs comme ça. T'es grave fêlée, faut t'arrêter ! »

Mélu, car je m'appelle Mélusine. Comme la femme-poisson. Comme le personnage de bande-dessinée. Je vous vois venir, vous riez sous cape, mais faut pas vous inquiéter, j'ai l'habitude, on s'est tellement foutu de moi à l'école que ça ne me fait plus rien. Mélusine, devenue Mélu pour les copines, Merlu pour tous les autres. « Merlu, tu pues le poisson », « Merlu, t'es pas fraîche », Merlu, quoi. C'est complètement con, parce que Mélusine, c'était une femme-serpent en fait, pas une femme-poisson. Va expliquer ça à des collégiens.

Bref, ma copine, malgré mes tentatives pour l'en dissuader, balança le pot-aux-roses au professeur principal, qui en parla à la C.P.E. qui elle-même se précipita dans le bureau du principal. Cela fit un tapage de tous les diables, des disputes sans fin avec mes parents, moins inquiets qu'ulcérés par le scandale que j'avais produit. L'hiver de mes quinze ans, je fus envoyée *manu militari* dans un centre psychiatrique pour adolescents.

Ma première pensée fut qu'ils avaient mis les suicidaires au quatrième étage. Il fallait l'oser. Peut-être avaient-ils réalisé par la suite leur erreur, car le balcon était muni de solides barreaux et les fenêtres étaient verrouillées. L'épaisseur des vitres auraient découragé les plus virulents, elles semblaient pour ainsi dire indestructibles, indifférentes aux coups de poing, aux chaises fracassées, aux vocalises désespérées. Là était désormais ma place, pour un temps indéterminé – trois jours ou trois mois. Avec les suicidaires. Ils ne savaient pas bien où me caser, avaient hésité avec le deuxième étage, réservé aux troubles alimentaires.

Je dus confirmer mon identité à l'infirmier en chef qui m'accueillit.

« Tu t'appelles... tu t'appelles... Mélusine ? Mélusine, c'est bien ça ? »

Il était empêtré dans les liasses de documents qu'il trimballait avec lui. Je voyais le moment où tout allait tomber par terre dans une pluie de papier. En prononçant mon nom, il leva les yeux vers moi.

« Mélusine ? répéta-t-il.

— Oui.

— Comme la fée ? »

Je grimaçai. Il hocha la tête d'un air entendu, comme si cela expliquait mon parcours. Comment des parents dignes de ce nom pouvaient nommer leur gamine ainsi ?

Je restai dans ce centre dix-sept jours précisément. On me mit d'office sous anxiolytiques, ce qui eut pour effet de me rendre si indolente que je ne songeai même plus à me grignoter. Je ne songeais pas à grand-chose. Dix-sept jours, dix-sept siècles s'écoulèrent ainsi dans un demi-sommeil rassurant, ponctué par les rendez-vous avec un psy qui se la jouait grand ponte mais n'en savait pas plus que moi sur mon étrange manie, qu'il nommait *trouble obsessionnel compulsif*. Il était optimiste. Le traitement faisait effet, je perdais mes habitudes répugnantes. Les autres adolescents me fuyaient. Je leur faisais peur. On pouvait admettre qu'un jeune prenne des somnifères pour mettre fin à ses années collège interminables, on trouvait presque banal qu'il se rature les bras au compas à la moindre contrariété, il était en revanche impensable qu'il se mange. Le soir, avant le couvre-feu, ils se réunissaient dans la chambre de l'un ou de l'autre. Sur le balcon aux solides barreaux, je les entendais rire comme des tordus. Des jeux, des paris à la con, des « t'es pas cap de lécher la cuvette des chiottes » et des rires, encore et encore. L'alcool était rigoureusement interdit, mais étrangement tout le monde fumait, même dans les chambres, et pas uniquement des cigarettes. Une fois, je m'incrustai dans une de leurs soirées. Ils m'accueillirent de mauvaise grâce. L'un deux osa : « t'es pas cap de te couper une oreille et de la manger ». Je m'enfuis sans demander mon reste.

Au dix-septième jour, le psy m'annonça que j'étais guérie et que je pouvais sortir. Ma vie ordinaire reprit, sans les anxiolytiques que je cessai rapidement de prendre, et ma manie revint. Je ne fis rien pour l'en empêcher, me contentant d'être plus discrète.

De jeune fille, je devins jeune femme. Officiellement, du moins, car mon corps semblait déterminé à ne pas évoluer, à rester figé dans sa puberté. Pas de seins, toujours filiforme, toujours de l'acné. À force d'être grignoté, était-il possible que mon corps ait cessé de vieillir ? Avais-je trouvé le secret de l'immortalité ? La question m'obsédait.

Mes dix-huit ans en poche, je quittai le domicile familial. Je trouvai un emploi en télétravail qui consistait à cliquer sur des mails publicitaires toute la journée. Cela ne payait pas beaucoup, mais c'était suffisant pour avoir un studio et une bonne excuse pour ne pas voir mes parents. Plus besoin de me cacher. Personne pour me réprimander, ni pour me dévisager de ce regard culpabilisant…

Ainsi se développa Merlu, mon double autophage. Mélusine agonisait, la jolie Mélusine, la gentille Mélusine. Merlu était indestructible.

Merlu pouvait-elle mourir ? Il fallait que je sache. La question me taraudait de plus en plus.

Je voulais me débarrasser de ce monstre informe qui s'amputait tous les jours.

Pouvais-je ressentir la douleur ? Je n'en étais plus certaine. À force, mes pieds, mes mains, ma bouche étaient comme anesthésiés.

Il fallait que tout cela se termine. Et il n'y avait qu'une seule manière de détruire le « trouble obsessionnel compulsif » de Merlu.

Je suis dans mon bain. Les vapeurs de l'eau brûlante forment un cocon protecteur autour de moi. Voilà. Le processus est presque achevé.

J'ai vingt-trois ans. Mon histoire, l'histoire de Merlu, touche à sa fin. Merci de l'avoir supportée jusqu'au bout. Il fallait que j'écrive tout cela, car de moi il ne restera bientôt plus grand-chose. Je n'ai plus que trois doigts à la main droite, deux à la main gauche. Mes jambes sont encore là, mais il manque des morceaux. Mes bras sont en lambeaux. Je n'ai plus qu'un lobe d'oreille. Tout cela ne date que de trois jours, car les cicatrices des semaines précédentes ont déjà disparu.

J'ai attendu que les parties manquantes reviennent. Il y a quelques temps, j'ai coupé et mangé ma main droite, entièrement. Elle a repoussé en une nuit. Mais il manque encore deux doigts, l'auriculaire et le pouce. Peut-être suis-je en train de muter.

Décidément, je crois que je ne peux pas mourir. Ou plutôt, moi je suis déjà morte. C'est Merlu qui ne peut pas mourir. Dans mon bain chaud, si apaisant, j'en aurai la certitude.

J'ai acheté un scalpel sur Internet. Je commence à inciser la peau de ma poitrine.

Je l'ai décidé tantôt : je vais manger mon cœur.

On verra bien si Merlu y survit.

...DANS LA BIBLIOTHÈQUE

D'autres sont arrivés : une pie, un clochard, une veuve, un homme désinvolte, une femme au bord du malaise pendue au bras de son fils, une adolescente un peu effacée, un vieil homme acariâtre, un chanteur célèbre. Tandis que les premiers personnages conversent entre eux dans la bibliothèque, les nouveaux restent à se dandiner sur le perron, craignant de déranger. L'auteur les observe du coin de l'œil. Cela commence à faire beaucoup de monde dans sa bâtisse imaginaire, d'autant que le ton monte de plus en plus entre elle et ses créations. La révolte gronde dans les rangs des personnages qui, découvrant leur histoire et leur fin, s'en sont ouvertement offusqués. Déjà, on crie au scandale, on lui promet un procès.

« C'est indigne ! crie-t-on.

— C'est le concept », rétorque-t-elle.

Que répondre d'autre ? Elle ne fait pas dans l'historiette *feel-good*, elle a voulu son recueil terrible, ignoble, insolent. Quitte à maltraiter ses personnages. Mais ceux-ci ne l'entendent pas de cette oreille, ils règlent leurs comptes, ils demandent réparation. Pour qui se prennent-ils ?

Cela fait un brouhaha pénible. Alan tourne sur lui-même en marmonnant, Eric réclame qu'on mette à la porte la folle à lier qui le harcèle, Cat réplique que ce n'est pas sa faute, tout de même, qu'en plus l'avocat n'est pas du tout à son goût, que l'auteur est totalement à côté de la plaque. Silvia, dans un coin, pleure son Nino, consolée par la fille aux lunettes de soleil. Celle-ci se plaint aussi d'ailleurs : pourquoi faut-il qu'elle garde ces horribles lunettes dans une pièce déjà bien sombre ? L'agent immobilier se fait quant à lui vindicatif, appuyé par l'écrivain public et Mélusine.

« Vous croyez que c'est pratique, vous, d'être amputée de partout ? s'écrie-t-elle. Merci du cadeau ! »

L'auteur soupire. Ses personnages se croient décidément au-dessus des lois de la narration. Elle tapote nerveusement sur son bureau.

« Puisque c'est ainsi, conclut Mélusine, je m'en vais. Je n'ai pas le cœur. à rester. »

Louis s'avance vers elle.

« Je vous raccompagne, si vous voulez... »

Elle le regarde, méfiante.

« Vous avez bu, non ?

— Le scotch de l'auteur est excellent, concède-t-il. Mais je tiens le coup, ne vous inquiétez pas.

— Entendu.

— Faites attention aux chevreuils sur la route », lance l'auteur dans un rictus sarcastique.

Voilà que ses personnages l'abandonnent déjà. Et les autres, ceux qui sont encore là, semblent déterminés à la contredire. Elle contemple les nouveaux, qui attendent sagement leur tour sur le seuil de la bibliothèque.

Dans un claquement de doigt, elle leur crie :

« En piste, vous autres ! »

Est-ce aimer ?

« Tu sais, ça ne va pas fort en ce moment… »

Louise marque une pause. Par où commencer ? Elle a beaucoup hésité avant de se confier à Margaux. Elle a tergiversé. Margaux est son amie, mais elle n'est pas connue pour sa discrétion. Néanmoins, Louise a besoin de parler, besoin de poser à plat, sur la nappe fleurie de cette table de cuisine, la tristesse qu'elle ressasse depuis des semaines. Elle a mentalement trié ses différents amis : l'un est trop prompt à juger, l'autre ne sait pas consoler, celle-ci est peu encline à l'écouter, celui-là n'est pas disponible pour l'entendre. Pour conclure son tri mental, il ne restait que Margaux. Pas top. Louise a besoin de parler, et elle en craint les conséquences. Elle sait, au fond d'elle, qu'elle fait une connerie. Qu'elle ferait mieux de ne rien dire. Quitte à ressasser. Alors Louise se rassure comme elle peut, tente de se convaincre que Margaux se taira, parce qu'elle tient à leur amitié et parce que c'est important.

D'ailleurs, Margaux la regarde avec ses grands yeux pleins d'empathie, se compose une expression de douceur, aussi Louise lui raconte. Ce qui ne va pas, pourquoi ça ne va pas. Elle imagine la tension qui l'étreint se dissoudre grâce au pouvoir magique de la parole. Margaux ouvre la bouche en rond, ses yeux se chargent d'une compassion éperdue. De pitié, peut-être.

« Oh ! Ma pauvre ! »

Louise se tortille sur sa chaise. C'était à prévoir : déjà, elle regrette d'avoir parlé. La tension ne s'est pas le moins du monde dissoute, au contraire elle est plus oppressante encore, parler l'a matérialisée. Et puis, il y a les yeux de Margaux, qui ont transformé son mal-être temporaire en quelque chose de définitif. Elle sait maintenant que, pour son amie, elle ne sera plus Louise, elle ne l'est déjà plus, elle sera désormais toujours associée à ce secret qu'elle n'aurait pas dû laisser échapper. Finie la Louise pétillante, exubérante, étourdie, vivante ; finie la Louise combative, déterminée, ambitieuse. Louise n'est plus que tristesse, honte, dépression. Elle aurait pu se relever, aller mieux, reprendre du poil de la bête, comme on dit, avec le temps ; elle aurait pu si elle avait eu le courage de se taire. À présent, c'est trop tard : les yeux de Margaux ne manqueront pas de lui rappeler à l'avenir cet instant de faiblesse posé sur la nappe fleurie.

« Le secret absolu ! » ordonne-t-elle.

Margaux promet, jure : elle ne dira rien, jamais, pas même sur son lit de mort. Elle est si honorée de la confiance que lui accorde son amie, elle saura s'en montrer digne.

« Tu sais bien à quel point je t'aime ! »

Margaux est expansive dans ses sentiments. Elle répète en long, en large, en travers, en diagonale, en permanence, tout l'amour qu'elle a pour ses proches. Elle martèle cela comme si c'était sa marque de fabrique. Elle y croit. Et elle fait tout ce qu'elle peut pour aider ceux qui se confient à elle, même si régulièrement ils le lui reprochent ensuite. Elle est à présent dépositaire du secret de Louise et elle fera son possible pour que son amie aille mieux. Elle se sent investie d'une grande force, apte à résoudre tous les chagrins du monde. Et, naturellement, elle sera une tombe.

Le samedi, Margaux a prévu un repas entre amis. Elle en organise souvent, pour maintenir ces liens d'amitié auxquels elle tient tant. Ces journées lui permettent de conserver une place de choix dans le quotidien de ses proches. Elle discute avec untel, écoute tel autre, prend celui-ci par les épaules, câline celle-là. Margaux est tactile. Elle force systématiquement la barrière naturelle des corps qui, hostiles au rapprochement, se raidissent à son approche. Elle ne s'en rend pas compte, ne comprend pas ce que le contact forcé a d'agressif pour l'autre. Elle a pris un Grégoire réticent par le bras et l'a entraîné un peu à l'écart.

« Tu sais, je m'inquiète pour Louise... » commence-t-elle.

Le regard de Grégoire se fait interrogatif, vaguement méfiant.

« Elle m'a parlé de quelque chose... Mais je ne te dirai pas de quoi il s'agit, c'est un secret ! Tu devrais lui parler, elle ne va pas bien. »

Grégoire se méfiait, il avait raison. Margaux en trois phrases a distillé son poison, a démoli son samedi, le place dans une position délicate. Elle ajoute :

« Je dis ça pour vous deux... »

La mécanique s'emballe. Claire a entendu la conversation entre Grégoire et Margaux. Elle s'en ouvre à Solène, qui en parle à Matthieu, qui le transmet à Violette, qui prévient Louise.

Pourquoi Margaux a-t-elle raconté cela à Grégoire ? Pour une raison si futile qu'elle n'en a pas même conscience : parce qu'elle n'avait rien d'autre à raconter. Elle avait épuisé avec Grégoire les sujets de conversation ordinaires, avait pourtant envie d'avoir avec lui une discussion sérieuse, qui les rapprocherait, qui la placerait au centre de l'attention, elle la confidente. Elle qui sait quand l'autre ne sait pas. Aussi a-t-elle parlé de Louise. Cela aurait pu tomber sur autre chose.

Margaux est ainsi faite : il lui faut assombrir les couleurs des autres pour briller. Elle ne veut pas faire de mal, elle veut seulement aider. Elle le pense. Elle est persuadée de bien faire. À l'origine de la zizanie qu'elle sème, il y a toujours une bonne intention.

Grégoire n'ose pas parler à Louise, il se sent exclu de son secret et en conçoit une amertume qu'il s'efforce de taire. Solène et Matthieu se lancent dans des hypothèses, leur amie est devenue un mystère à percer. Violette parle à Louise, dans l'espoir que celle-ci se confie à elle. Louise est blessée, Louise garde un silence obtus. Violette se vexe. L'histoire aurait pu se déliter d'elle-même, rendant à chacun des préoccupations plus saines, si Margaux ne lançait pas chaque fois de l'huile sur le feu. Elle appelle les uns, les autres, demande à untel s'il a parlé à Louise, ordonne à l'autre d'être présent pour leur amie. Tant et si bien que le secret devient un enjeu. Les amis se lassent, se froissent, l'abandonnent.

Louise est seule.

Louise est humiliée. Il ne s'agissait pourtant que d'un passage à vide, un de ces moments malheureux que la vie impose. Le temps était censé apporter la résilience, adoucir la peine, la rendre supportable en la reléguant au passé. Margaux au contraire la rend toujours plus présente, permanente, impossible de tourner la page, d'aller de l'avant. Margaux a cloué Louise, l'a enchaînée à son secret comme à une constante.

Elle est fière, la Margaux. Persuadée d'avoir fait ce qu'il fallait. Louise ne l'entend pas de cette oreille, le lui dit.

« Quelle ingratitude ! pense Margaux. Moi qui me suis démenée pour elle ! »

...

« Moi qui l'aime tant ! »

Misère et bulle de rhum

« En moi gronde une ville
Grouille la foule dessaoulée »
Alain Bashung, Noir de monde

Bébert était adossé dans un creux de la cathédrale. Il s'était installé là pour l'ombre. Contre la pierre de l'immense bâtiment, il faisait toujours frais. Il observait, paupières mi-closes, les groupements de touristes amassés sur la place. Bah, ils étaient faciles à reconnaître, avec leur bob vissé sur la tête et leur appareil photo en guise de collier. Les touristes mâles étaient toujours en bermuda, signe caractéristique du vacancier, tout comme le sweat autour des épaules. Les donzelles, moins distinguées, enroulaient leurs vestes autour de la taille ou des hanches. Et puis, ça se voyait à leur démarche aussi, à leurs airs de conquérants. Ils étaient étrangers et se croyaient partout chez eux. Bébert les trouvait gerbants, et franchement pas raffinés. Comme s'ils faisaient tout pour avoir l'air con. Enfin, l'air... Ils n'étaient pas alsaciens, après tout. Que pouvaient-ils comprendre de Strasbourg ?

De sa poche élimée, Bébert tira une pochette de tabac et une feuille. En se roulant une cigarette, il poursuivait ses observations. Si quelqu'un l'avait regardé, il l'aurait presque cru endormi, ses doigts seuls remuaient, roulant le fin papier d'un geste sûr, signe d'une longue habitude. De toute manière, personne ne le regardait. Les autochtones passaient dans des empressements de grandes personnes, les enfants jouaient ou s'emmerdaient, un doigt fiché dans la narine et les touristes n'avait d'yeux que pour la cathédrale, la grande dame de la cité, âme et phare de Strasbourg. C'est vrai qu'il n'était pas bien gros en comparaison.

Et puis, personne ne regarde vraiment les clochards.

Bébert sourit, laissant apparaître entre ses lèvres gercées des dents blanches. Il avait toujours eu de très belles dents, et s'employait à les laver deux fois par jour, à heures régulières, quel que soit l'endroit où il se trouvait. Merde, c'était sa fierté à lui. Il y avait juste cette foutue dent qui lui arrachait de temps à autre des grimaces douloureuses. Une carie, sans doute, mais il n'avait pas l'argent pour aller chez le dentiste. D'ailleurs, qui voudrait le recevoir ? La question ne se posait même pas, il se démerderait tout seul. Quand la dent serait trop bouffée, il l'arracherait, et voilà le travail ! Il n'allait pas s'emmerder avec un charlatan de dentiste. Foutre dieu, non ! Sauf si sa mère l'y obligeait...

Quand la cathédrale sonna l'Angélus, Bébert se leva et secoua ses jambes que l'immobilité avait engourdies. Il saisit son sac de voyage, le frotta et quitta l'ombre bienfaisante de la dame de pierre. C'était vendredi soir et, comme tous les vendredis soirs, il se rendait d'un pas traînant à l'hôtel. Il allait devoir quitter Strasbourg pour deux jours, et ça lui faisait mal rien que d'y penser. Il avait le sentiment d'abandonner sa ville chaque fin de semaine, il se sentait déserteur, méprisable. En chemin, il croisa Pluviôse, un de ses camarades de rue. Ce n'était pas son vrai nom, tous taisaient leur nom civil, on se surnommait seulement, on se construisait une nouvelle identité. Pourquoi Pluviôse, ça Bébert n'aurait pas su dire. Peut-être qu'il était né en février. Ou bien c'était plus compliqué. C'est souvent plus compliqué, les surnoms, ça prend sa source dans la suie du passé, dans les vieux rêves ou dans les déceptions. C'est rarement marrant, un surnom. Et puis parfois, c'est con. Basique, manque d'imagination. Comme lui, Robert qui sans grand effort d'originalité était devenu Bébert. Il faudrait qu'il change, qu'il trouve quelque chose de mieux, qui lui ressemble. À quoi bon ? haussa-t-il les épaules. Bébert, ça lui allait plutôt bien après tout.

Comme d'habitude, Pluviôse le salua d'une bonne claque dans le beignet. Sa manière à lui d'être affectueux.

« Alors, vieux cavaleur, on est vendredi soir, hein ?

— Ouais...

— Ce qui veut dire qu'on va pas te revoir avant lundi, hein ?

— Ouais...

— Depuis le temps qu'on se connaît, hein, tu veux pas nous dire où tu vas le week-end, hein ? »

Pluviôse ajoutait toujours des « hein » partout. Ça le gonflait, Bébert.

« Misère et bulle de rhum... », grommela-t-il.

C'était son expression favorite.

« Tu vas retrouver une fille, hein ?

— Ouais, si ça te chante. Allez, à lundi. »

Il poursuivit son chemin.

À l'hôtel, il dormit d'un sommeil de brute. Le lendemain matin, il prit une longue douche, se rasa méticuleusement, se parfuma, se lava les dents, se coupa les ongles, choisit avec application une tenue propre (un jean bleu foncé et une chemise à rayures grises) et enfila sa seule paire de chaussures viable. Il ajouta une montre et des lunettes. Il s'observa un instant dans le miroir. Le résultat était satisfaisant. Comme chaque week-end, Bébert le clochard se déguisait en Robert Matin, conseiller bancaire en gestion du patrimoine. Il quitta l'hôtel pour la gare. Sur le quai, il eut plaisir à regarder sa montre en soufflant d'impatience, comme le font les gens normaux. Il s'amusait beaucoup dans ce rôle, à présent qu'il ne l'endossait que par intermittence.

Madame Matin repoussa avec un soupir le lourd rideau fleuri à franges moutarde. Elle attendait son fils adoré, son Robert dont elle était si fière. Elle était si heureuse d'avoir un fils comme lui. Elle s'en vantait au marché quand on lui demandait comment se portait son fils.

« Oh, vous savez, c'est un homme très occupé. Il est banquier, tout de même ! »

Son fils, banquier... Elle l'imaginait en costume, dans un grand bureau, les mains croisées devant lui. Qu'il était beau, son Robert ! Qu'elles étaient longues, les semaines sans lui ! Elle se sentait seule, dans sa grande maison de campagne, celle où des années durant elle avait coulé des jours heureux et, hélas, trop éphémères. Elle se souvenait de ces instants de grâce avec Robert, son pauvre mari, qu'elle aimait tendrement et qui avait eu le goût exécrable de la laisser seule à l'âge de trente ans, un gamin à sa charge. Il ne l'avait pas fait exprès, mais elle lui en avait quand même voulu. Pourtant, ce n'était pas faute de l'avoir prévenu. Travailler au noir, passe encore. Mais élaguer des arbres si hauts qu'ils devaient en chatouiller le menton du bon Dieu, sans filet de sécurité, rien, c'était de l'inconscience pure. Et ce qu'elle redoutait tant était arrivé. Robert était tombé. Mort sur le coup. Elle s'était retrouvée seule avec son petit Robert d'à peine quatre ans. Pour respecter la mémoire de son pauvre époux, la veuve avait juré « aucun autre homme dans ma vie, jamais. » Sauf bien sûr son petit Robert, qui ressemblait tant à son père. Son fils adoré qu'elle avait hâte, vraiment hâte de retrouver en ce samedi matin.

Le train s'ébranla. Il abandonnait Strasbourg pour deux longs jours. Il dévisageait cette ville merveilleuse douloureusement, comme s'il n'allait plus jamais la revoir. C'était sa peur la plus folle, qui s'ancrait en lui chaque semaine davantage. Il avait beau s'amuser de son costume, la farce devenait pénible. Désolante. Effrayante. Mais il se souvint qu'il jouait là le dernier acte de cette comédie et son sourire revint. Bientôt, très bientôt, il ne serait plus qu'à Strasbourg. Englouti par elle. Dispersé, dissipé, disloqué, noir du monde strasbourgeois.

Conseiller bancaire en gestion du patrimoine, il l'avait été quinze ans durant. Quinze longues, très longues années. Il faisait son job honorablement, trop honnêtement peut-être, mais qu'est-ce qu'il s'y emmerdait ! Mais bon, ça faisait plaisir à sa mère. Robert Matin n'avait pas eu d'autres femmes dans sa vie que sa mère. Il y avait bien eu quelques demoiselles, du temps de sa jeunesse, il n'était pas puceau. Mais aucune n'avait trouvé grâce aux yeux de Maman qui avait très mal pris qu'on puisse lui dérober son précieux fils. Elle avait soigneusement écarté chaque prétendante, jusqu'à ce que Robert cesse de les lui présenter. Elle le surveillait si étroitement qu'à la fin, il avait même carrément renoncé à la gent féminine.

Un jour, il avait été envoyé à Strasbourg pour une réunion d'affaires. Réunion à laquelle il ne s'était jamais rendu. Il avait à peine posé le pied dans la ville qu'il en était tombé éperdument, résolument, irréversiblement amoureux. Il avait donné sa démission dans la foulée et s'était installé au creux de la cathédrale. Des années plus tard, c'était toujours son coin de prédilection. Ainsi, Robert était devenu Bébert et Madame Matin avait sans le savoir perdu son fils.

Pour éviter les soupçons de sa mère, il continuait à lui rendre visite tous les week-ends. Mais loin de Strasbourg, il déprimait. Il avait beau aimer sa mère, elle devenait un poids. Il serra dans sa main la petite fiole bien planquée dans la poche de sa veste. Il avait fait son choix.

Madame Matin ouvrit avec un grand sourire la porte d'entrée. Son fils descendait du taxi, elle l'aurait tout à elle pour deux jours. Et même davantage... Elle en avait assez de ne le voir que le week-end. Ces derniers temps, elle le trouvait étourdi, un peu absent. Il faisait bonne figure mais son intuition de mère ne pouvait la trahir : il y avait une femme là-dessous. Aurait-elle dû s'en réjouir ? Elle n'y parvenait pas. Cette pensée-là, que son petit Robert se dévoue pour une autre que sa mère, c'était insupportable. Insoutenable. Elle avait pris sa décision. Elle ne tolérerait pas, cette fois-ci, de le voir repartir, impuissante à le retenir dans la maison qui l'avait vu naître. Son fils adoré... Elle serra dans sa main la petite fiole bien cachée dans son soutien-gorge. Elle l'aurait pour toujours à ses côtés.

Elle l'accueillit avec un entrain mesuré, ce fils qu'elle avait attendu toute la semaine. Il la serra dans ses bras avec tendresse, cette mère qui le contraignait sans en avoir conscience à revêtir les habits de celui qu'il n'était plus. Elle lui prépara un café, il lui raconta sa semaine de travail à la banque. Elle renchérit sur son club de tricot. Ils passèrent un samedi des plus ordinaires, un dimanche des plus attendus. Robert devait prendre le train de dix-huit heures. Comme chaque week-end, ils prirent une collation avant le départ.

Madame Matin prépara pour son fils un rhum, dans lequel elle versa l'extrait de gui que contenait sa fiole.

Robert Matin fit de même pour sa mère, à la différence qu'il s'agissait d'un thé et de ricine.

Chacun tendit à l'autre sa tasse. Madame Matin sourit à son fils en songeant que, très bientôt, elle l'aurait tout à elle pour l'éternité ; Robert sourit à sa mère en songeant que, très bientôt, il serait tout à Strasbourg pour l'éternité.

« Maman...

— Oui, mon fils ?

— Je t'aime, maman.

— Moi aussi, mon fils. »

Ils avalèrent d'un trait leur boisson.

Spleen Tramway

L'avenir d'un amour naissant, ça tient vraiment à pas grand-chose. Quelques secondes d'inattention.

Quelques secondes pendant lesquelles on ne s'épie plus, pendant lesquelles on se regarde véritablement.

Je garde en moi le souvenir de ton dernier visage. Tu avais cet air faussement enjoué et vaguement attendri, cette expression insupportable que j'aimerais t'arracher. Tu n'es pas vraiment ce qu'on peut appeler une fille authentique. Il faut toujours que tu te tiennes à une distance raisonnable. Oh, pas que tu sois froide, ça non ! Un sourire permanent, aussi large que te le permettent tes lèvres fines, et des exclamations poussives, exagérées. C'est du « mon chéri » et du « je t'adore » à tout bout de champ. C'est du *je t'embrasse* et *je t'oublie*, au profit d'une nouvelle tête que *j'embrasse* et que *j'oublie*, encore et encore. Ta froideur réside dans ta chaleur indifférenciée. Rien de personnel, jamais.

Nous avons bu un verre avec des amis, dans un lieu impossible qui vibrait des couleurs des autres, toutes les nuances de l'arc-en-ciel mélangées, brassées, indissociées, jusqu'à former un ensemble écœurant au goût aigre.

Je n'aime pas ces lieux. Je les ai toujours fréquentés mais je ne les aime pas. Je m'y fais systématiquement bousculer. Toi, bien sûr, c'était différent. Tu y évoluais avec grâce, les autres t'effleuraient à peine.

Le grondement indistinct de centaines de voix vibrait dans mes oreilles. Je n'ai pas entendu la moitié de nos conversations. J'avais déjà du mal à m'entendre, moi.

Les mojitos se sont enchaînés, il me semblait qu'il s'agissait toujours du même verre. Puis nous avons quitté le bar pour un resto nocturne. Enfin, resto... Quelques tapas sans saveur sur un coin de table, balancés par un serveur fatigué et antipathique, entourés de dizaines de noctambules, jeunes pour la plupart, en bande le plus souvent, parlant fort et riant beaucoup. Mais je ne pouvais pas leur en vouloir, nous leur ressemblions trop pour cela. J'ai quand même obtenu de grignoter en terrasse, ce qui me laissait le plaisir de cracher la fumée de mes cigarettes sur nos voisins.

Et toi, tu m'as parlé. Longtemps. En vrac. Un peu de toi, beaucoup de moi. Tu parles bien aux autres d'eux. Pratique pour qui ne tient pas à se découvrir. J'ai voulu te maintenir par mon regard. Te retenir, te soutenir, te détenir.

Nous nous sommes regardés. Vraiment, j'entends. J'ai eu le temps de voir des ombres virevolter dans tes yeux, des traits lumineux parfois dans tes iris d'ambre. Tu as cessé de parler, j'ai apprécié. C'est à ce moment-là, je crois, que j'ai résolu de t'aimer.

Puis tu as lâché mes yeux, t'es tournée vers un de nos amis pour engager la conversation. Avec cette même force, cette même puissance animale dans l'œil. Je t'ai détestée.

Nous avons un peu marché, en bande. Et, sans que je comprenne, je suis déjà sur les pavés de mon arrêt de tram. Tu me serres dans tes bras, avec cette expression insupportable collée comme un masque sur tes traits gracieux. Un « au revoir » glaçant sous ce sourire. Tu continues la nuit avec le reste de la bande. Sans moi. C'est vrai, je me souviens, j'avais dit que je devais prendre mon tram pas trop tard. Qu'après il n'y en aurait plus, que ce serait galère. Je l'ai dit. Là tout de suite, je m'en fous. Mais comme il est exclu que je te le dise et comme l'alcool a bien ramolli ma volonté, je vous salue, toi et les autres, apathique et maussade. Un léger plissement des lèvres, sans conviction, et je vois sans voir le tram chuinter vers moi.

C'est ton dernier visage. Ta dernière expression.

J'entre dans le tramway. Je n'ai pas le temps de me retourner vers toi qu'il a déjà redémarré, qu'il est reparti avec moi dedans et mes envies de faire marche arrière. Le trajet est un peu long mais direct. Je me vautre sur une banquette vide, seul ou presque dans la rame de nuit. Je divague au vrombissement de l'engin. Observe mon reflet obscurci et ondulant dans la vitre. Constate l'intensité de mes cernes, plus larges que mes yeux. Appuie sur mes paupières pour convoquer une cohorte de points lumineux, dans l'espoir d'oublier ton visage.

Un amour naissant... Peut-être. Il en faudra d'autres, des soirées, pour confirmer l'impression. Du temps pour nous connaître. Des joies partagées, des confidences. Des connivences. Quelques coïncidences.

Pour l'heure, la mémoire est lacunaire et ne retient que l'aperçu le plus récent. C'est ton « au revoir » qui défile au creux de mes paupières. Ta désinvolture. Mon amour et ma haine. Déjà.

C'est le dernier visage que j'ai eu de toi. Je descends huit stations plus loin. En sortant, je me dis que tout compte fait, la soirée a été belle. J'aimerais que tu sois là pour me voir. Là, sous un ciel opaque, j'ai souri.

J'ai traversé les voies. Je n'ai pas vu le tram qui arrivait dans l'autre sens. Il n'a pas eu le temps de m'éviter.

C'est con.

L'avenir d'un amour naissant, ça tient vraiment à pas grand-chose. Quelques secondes d'inattention.

Note du colonel Moutarde : je sais ce que vous pensez. Vous croyez à une banale histoire d'amour, à un coup de foudre alcoolisé, à un absurde accident. Vous cherchez la petite bête, vous vous dites : ce n'est pas indigne du tout, comme nouvelle. Vous êtes déçu, vous n'avez pas pu étancher votre soif de sang, de monstruosité, vous êtes privés de cette délectation malsaine et cependant innocente que la littérature procure et dont les règles sociales vous privent dans votre vie quotidienne. Vous voulez du meurtre, de l'ignoble, du sordide.

Certes. J'entends vos revendications. Cette nouvelle n'est pas assez indigne pour vous. Pas de coup de folie, pas même un effluve de mesquinerie.

Mais je peux vous l'affirmer haut et fort : il y a de la monstruosité dans cette nouvelle. Il y a un indigne : vous.

Vous, toi, le lecteur, qui cherches entre mes mots le moyen de satisfaire ton petit sadisme savamment enfoui sous la couche surfaite d'une vie sociale conventionnée ; toi qui te frottes les mains à la lecture de l'atroce, toi que la folie fait sourire, toi qui t'accroches à mes personnages que, s'ils étaient réels, tu t'empresserais de mépriser.

Toi, tu es indigne. Qui dit que le titre de mon recueil qualifie mes personnages ?

C'est vous, lecteurs anonymes, qui m'inspirez le pire de l'être humain.

Tenez-le-vous pour dit.

Le crocodile

Il y a une odeur de peur partout, dans chaque couloir blanc et bleu, chaque lourde porte, chaque salle d'attente où chaque pied de chaise pue la terreur et la mort, transpire l'absence, empeste l'indifférence des règles d'admission et des formalités administratives, et des normes d'hygiène, et de tout ce qui fait de ce lieu un lieu inhumain, plus froid encore qu'un tombeau. Embolie pulmonaire ? Voilà qu'on râle, qu'on s'esclaffe, qu'on grogne, à dix minutes de la pause déjeuner. Qu'on a parfois comme un sursaut d'humanité devant la bête au sol.

« Ça va ? » demande-t-on.

Oui, ça va, répond-elle et elle se demande bien pourquoi elle répond cela parce que franchement, non, ça ne va pas, et ça ne va pas aller, elle le sait, c'est la fin, le bout du bout, la mort qui rôde et elle, elle ne veut pas rester là, pas mourir ici. Non, pas dans cet endroit sans chaleur, elle veut tant qu'à partir pour de bon le faire dans un endroit où il y a un bout d'elle, un petit morceau de sa vie. Je veux voir mes chats, se dit-elle. Et mon fils, mon mari, ma mère. Et même ce con de chien, même le poisson rouge si vieux qu'il en est devenu tout blanc.

Elle serre dans sa main son pendentif représentant un crocodile.

Je veux rentrer chez moi.

Je veux que tout aille bien.

M'occuper de mes rosiers, planter des hortensias, ramasser les feuilles mortes du jardin.

J'ai peur.

J'ai peur d'avoir peur, parce que si j'ai trop peur, ça signifie que je vais mourir.

Voilà ce qu'elle se dit, voilà ce qu'elle se murmure, et qu'elle murmure aussi à son fils Nilda qui l'a accompagnée aux urgences. Elle lui dit tout cela dans un halètement, les yeux suppliants parce qu'elle cherche une respiration coincée quelque part dans la gorge, le nez, le diaphragme.

Et lui de répondre que ça va aller, qu'on va s'occuper d'elle, qu'elle doit penser à des choses agréables, se détendre, il faut qu'elle se détende.

Déjà on le repousse dans la salle d'attente, il n'a pas même le temps de lui dire « à tout à l'heure », ne sait pas d'ailleurs s'il y aura un tout à l'heure, on ne lui dit rien, seulement un « patientez dans la salle d'attente, on viendra vous chercher ».

Le voilà plié en deux sur une chaise inconfortable. Sinistre, il la trouve, cette chaise. Mais ce n'est pas tant la chaise que le lieu et, reconnaît-il, n'importe quel fauteuil, même le plus cosy, prendrait dans la salle d'attente des urgences cardiologiques une dimension sinistre.

Une demi-heure. Une heure. Une heure dix minutes. Une heure douze minutes. Pas de nouvelles.

La journée n'était pas censée prendre cette tournure. Sa mère l'a appelé au petit matin, il venait juste d'avaler sa première gorgée de café. Il a soupiré, grommelé, c'est qu'il avait prévu autre chose, lui, il avait du travail. Mais il a accepté de l'accompagner chez le médecin, à une heure et demie de route de son domicile. Ne peut-elle en choisir un plus près ? « Il est notre médecin traitant depuis vingt ans ! » a-t-elle rétorqué. Elle reconnaît qu'il n'est plus le médecin attentif d'avant. « C'est la dernière fois que j'y vais ! » s'esclaffe-t-elle systématiquement, tout en prenant un nouveau rendez-vous. Elle y retourne inlassablement, portée par la peur du changement, ou par une étrange loyauté, ou peut-être est-elle amoureuse du généraliste quinquagénaire. Il sourit à cette pensée incongrue, qui ne l'est pas tant que cela en y réfléchissant, ce pourquoi il refuse d'y réfléchir trop longtemps. De toute façon, sa mère est une mule, elle n'en fait toujours qu'à sa tête, il s'est adapté.

Une visite médicale, une de plus. Soit ! Ils y passeront la matinée et il y perdra une journée de travail, mais qu'importe ce n'est pas la première fois.

Il n'est pas inquiet. Ou du moins tempère-t-il son inquiétude. Sa mère semble décidée à mettre en pratique tout le dictionnaire médical. Pas qu'elle fasse semblant, non, ça, on ne peut le lui reprocher. Les médecins qui insinuent de telles choses, mettant tout et n'importe quoi sur le compte du stress, Nilda les a en horreur. Bénins ou moins bénins, les problèmes de santé se multiplient depuis des années. De la hernie discale à l'œsophagite aiguë, elle lui a à peu près tout fait. Les médecins n'ont contribué qu'à empirer les douleurs et leur récurrence. Quant à Nilda, il joue le chauffeur de taxi d'un spécialiste à l'autre. Et fatigue un peu, parfois. Il en a pris son parti. Au fond, il aime être utile à sa mère. Sa mère-crocodile...

Très tôt, peut-être pour compenser sa santé défaillante, la mère s'est passionnée pour les spiritualités venues d'ailleurs, qui la séduisent par leur exotisme. Un jour, elle avait voulu se choisir un animal-totem. Mais lequel ? Elle avait longtemps cherché avant de fixer son attention sur le crocodile. En lisant les légendes sur cet animal, il lui avait semblé tout à fait évident qu'elle appartenait à cette noble espèce à l'aspect préhistorique et proche de l'oiseau – elle s'était renseignée. « Un animal d'une grande sagesse », avait-elle songé. Elle l'avait élu sien.

Plus jeune, Nilda la taquinait en chantant à longueur de journée la comptine sur les crocodiles :

« Ah les cro-cro-cro, les cro-cro-cro, les crocodiles ! »

Sa mère s'en agaçait :

« Cette chanson est d'une bêtise ! Les crocodiles sont de fières créatures, vénérées par de nombreux peuples. Les Mayas pensaient qu'ils avaient créé le monde ; les Égyptiens avaient baptisé une ville en leur honneur ; et je pourrais te parler aussi des hindous et des tribus d'Amérique du Sud... »

Invariablement, elle concluait :

« En plus, tu chantes faux ! »

Une heure vingt et une minutes. Pourquoi personne n'est venu le chercher ?

Quelques heures plus tôt, quand le médecin traitant a suspecté une embolie pulmonaire, le sang de Nilda s'est figé. L'agacement s'est mué en véritable inquiétude. Il a conduit sa mère aux urgences à toute vitesse, avec une vilaine appréhension et la sensation de ne plus maîtriser le devenir de cette journée.

Une heure vingt-deux minutes. C'est long...

Une heure vingt-trois minutes. Pourquoi est-ce si long ?

Une heure vingt-quatre minutes. Ce doit être grave. Très grave.

Une heure vingt-cinq minutes. Il faudrait qu'il prévienne son père, mais il n'ose pas appeler dans la salle d'attente.

Une heure vingt-six minutes. Il devrait sortir pour l'appeler. Oui, mais si on vient le chercher à ce moment-là ?

Une heure vingt-sept minutes. De toute façon, il vaut mieux qu'il en sache plus avant d'inquiéter son père.

Une heure vingt-huit minutes. Il y aurait de quoi s'inquiéter. Une embolie pulmonaire, ce n'est pas rien. On en meurt, tout de même.

Une heure vingt-huit minutes. Elle n'en finit décidément pas, cette minute !

Une heure vingt-neuf minutes. Elle doit être morte. C'est pour ça que personne ne vient. Ils n'osent pas lui annoncer la triste nouvelle. Ils doivent être en train de tirer à la courte paille pour désigner qui aura la charge d'affronter les pleurs du fils.

Une heure et demie. Morte. Maman est morte.

Les larmes roulent sur ses joues. Sa mère est morte, il en est sûr. Il l'a su dès le départ, dès qu'il l'a laissée dans cet horrible box des urgences. Morte.

Non, il n'aura pas le courage d'attendre qu'on vienne le chercher pour le diriger vers le corps marbré de sa mère. D'entendre un « je suis désolé » qui arrêtera le temps. De l'annoncer à son père ensuite.

Non.

Il se lève si brusquement que sa chaise en tombe. Il ne peut pas affronter tout cela. Il ne veut pas. Il quitte les urgences en trombe, abandonnant sa mère.

Dans ce lit froid et blanc, elle s'ennuie. Elle a mal aussi. Ils lui ont fait un scanner, un électrocardiogramme, et plusieurs prises de sang. Plusieurs, parce qu'ils l'ont ratée. Veine trop fine, l'infirmière a soufflé. A passé le relais à sa collègue, puis au médecin. Ils ont piqué cinq fois, ces enflures. Maintenant, ils attendent les résultats.

« Plus jamais je ne fumerai une cigarette, se promet-elle. Si je m'en sors, plus jamais. Pas une. »

Tout ce qu'elle demande, c'est de quitter cet hôpital de malheur. Et d'aller bien. Que tous ces ennuis de santé s'arrêtent, la laissent un peu en paix. Plus jamais elle ne fumera, c'est promis-juré-craché.

L'infirmière revient.

« Je vais prévenir votre fils. Il va pouvoir rester avec vous en attendant. »

La mère sourit, soulagée.

Elle attend.

Cinq minutes. Dix minutes. Quinze minutes.

Longtemps.

Quand l'infirmière revient, elle semble gênée.

« Votre fils avait quelque chose de particulier à faire ?

— Non. Pourquoi ?

— On ne l'a pas trouvé. Ni dans la salle d'attente, ni ailleurs. Apparemment, il est parti. »

Devant le visage décomposé de la patiente, l'infirmière s'empresse d'ajouter :

« Ne vous inquiétez pas, il va sûrement revenir. Il a dû vouloir prendre l'air... »

« Un autre, s'il vous plaît.

— Vous devriez arrêter de boire, monsieur. Moi, à ce compte-là, je ne vous sers plus. Vous êtes déjà finement bourré.

— Ma mère est morte ! » crie le client.

Des larmes coulent sur ses joues rouges. Plusieurs têtes se tournent vers lui. Le patron du bar se gratte la barbe, décontenancé.

« Pardon, monsieur, je ne pouvais pas savoir... Bon, je vous en sers un mais c'est le dernier. »

Combien de temps s'est écoulé ? Elle l'ignore. Il n'y a pas de pendule dans son box et les aides-soignantes lui ont retiré ses vêtements et sa montre avant les examens. Elle n'a qu'une blouse blanche pour tout habit, une blouse trop fine et à manches courtes, elle a froid. Si seulement une infirmière venait la voir, elle pourrait lui demander l'heure. Mais personne ne vient. Des heures ont dû s'écouler. Mais comment savoir ? Le temps est à rallonge dans ces endroits.

« Je vais mourir seule ici, pense-t-elle. Seule. Et mon fils qui ne revient pas... »

Peut-être est-il parti prévenir la famille... Mais pourquoi ne pas simplement téléphoner ?

« Son portable, bien sûr ! Il n'avait plus de batterie. Il oublie toujours de la recharger. Oui, ce doit être ça ! »

Son fils n'a pas pu téléphoner, donc il est parti directement prévenir tout le monde. Il va revenir, bien sûr. Le temps de faire l'aller-retour... Il devrait déjà être revenu. Mais comment savoir ? Toujours ce temps qui lui fait défaut. Et pourquoi n'en a-t-il pas informé l'accueil des urgences ?

« Bah, ils ont dû oublier de transmettre le message. C'est toujours comme ça. »

Mais tout de même, c'est un peu fort, comme histoire : elle aux urgences à l'agonie, et son fils qui se volatilise.

Si seulement quelqu'un venait la voir...

Elle est interrompue dans ses réflexions par le médecin. Elle se redresse comme elle peut dans son lit.

« Alors ?

— Alors vous pouvez sortir.

— Mais... comment ça ? Et mon embolie ? »

Le médecin souffle bruyamment. Un jeune, se dit-elle. Mauvais signe. Un jeune médecin, inexpérimenté et arrogant.

« Madame, les examens n'ont rien révélé. De notre point de vue, vous allez très bien.

— Pourquoi j'ai des difficultés à respirer dans ce cas ? »

Le jeune médecin hausse les épaules. Avec désinvolture, pense-t-elle.

« Hyperventilation, c'est tout. Trop de stress. Ce n'est pas de notre ressort, allez consulter votre médecin traitant. Bon, j'ai d'autres patients qui arrivent. Vous pouvez rentrer chez vous. »

En quittant l'hôpital, elle regarde sa montre : 17 h 52. Elle regarde autour d'elle, pas de Nilda. Elle sort son portable, compose le numéro...

Nilda jette un œil distrait à son portable. Merde ! Plus de batterie. Tant pis, après tout, comparé à tout ce qui lui arrive, ce n'est pas bien grave. Et puis, il a cette foutue chanson qui lui grimpe dans le cerveau. Ah les cro-cro-cro, les cro-cro-cro, les crocodiles...

« ...sur le bord du Nil, ils sont partis, n'en parlons plus. »

Il s'est mis à chantonner sans s'en rendre compte. Il vide son verre, avant de poursuivre, d'une voix plus forte :

« Ah les cro-cro-cro, les cro-cro-cro, les crocodiles ! »

Répondeur. Elle en était sûre : le portable de son fils est déchargé. Elle pourrait appeler son mari, mais elle ne veut pas l'inquiéter et puis, ça fait du bien de se retrouver un peu seule après toutes ces émotions. Elle a envie d'en profiter un peu, avant de rentrer chez elle pour retrouver ses chats et planter des hortensias. Au fond de son sac à main, le paquet de Winston lui fait de l'œil.

« La dernière », se jure-t-elle en allumant une cigarette.

Elle avise un troquet ouvert, en face de l'hôpital. Une bière ne lui ferait pas de mal, elle l'a bien méritée. Elle entre, s'assoit au comptoir, commande un demi. Une voix familière la surprend.

« SUR LE BORD DU NIL, ILS SONT PARTIS, N'EN PARLONS PLUS ! »

Elle se tourne pour découvrir son fils avachi quelques mètres plus loin. Gentiment ivre, visiblement.

« Quel ingrat ! murmure-t-elle, les lèvres serrées. Je manque mourir et lui m'abandonne pour picoler dans un bar ! »

Nilda ne l'a pas vue. Il a quasiment la tête dans son verre, le pauvre garçon.

« Aaah les gro-gro-gro, les gros-crocos, les crocrrrodiles ! »

La mère souffle de dépit.

« Et en plus, il chante faux ! »

Les jupons multicolores

La journée avait commencé le plus normalement possible. Le père s'était levé, avait fait couler le café, la mère avait suivi, puis Blandine. Loïc dormait toujours, comme tous les matins, et il allait être en retard, comme d'habitude. La mère était allé le secouer sans grande conviction, mais avec une boule de peur dans le creux de l'estomac, car elle connaissait la tournure naturelle qu'allait prendre la matinée. Et, pour ne pas la contredire, le père débarqua dans la chambre, avec son air ordinaire honorable et offusqué. Il secoua Loïc dans un « maintenant, tu te lèves ». L'adolescent grommela, lâcha une injure confuse et le père de quitter la chambre : « ce gosse, on n'en fera jamais rien. »

Blandine avait fini ses deux tartines beurre-confiture de fraise et avait même eu le temps de se laver. Dans les grommellements multiples de la maisonnée, elle enfila un jean délavé et un tee-shirt rose pâle, entreprit de mettre un peu d'ordre dans sa chevelure imposante, réfléchit à plusieurs coiffures sophistiquées et opta finalement pour une tresse haute. Comme tous les jours. Elle camoufla son acné sous un anti-cernes mat, ajouta un fond de teint, une poudre compacte, du fard à joues et du mascara. Elle termina d'un coup de gloss, se défia dans le miroir taché de la salle de bains, ne s'aima pas plus qu'auparavant, détourna le regard, sentit l'eau salée refluer sous ses paupières et se jeta dans sa chambre, tête basse.

Pendant ce temps, le père et Loïc avaient entamé une dispute qu'aucun des deux n'avait l'intention d'écourter le premier. Blandine boucla son sac de cours, enfonça les écouteurs de son MP3 dans les oreilles et lança la musique au volume maximum. Mika remplit ses tympans et son cerveau, et Blandine acheva d'oublier sa famille.

Blandine se dirigea vers la porte d'entrée d'un pas traînant. Dans la rue, elle fut bientôt rejointe par le skate de son frère.

« Eh ! Attends-moi. »

Elle fit mine de ne pas l'avoir entendu. Il tira sur sa tresse et la devança en se marrant. Elle le regarda tristement.

Le soir même, la gendarmerie de la ville reçut l'appel d'une adolescente. Celle-ci leur hurla que ses parents étaient morts, que son frère les avait tués, qu'elle s'était enfermée dans sa chambre, qu'il tapait à la porte, que les gendarmes devaient se dépêcher, vite, vite... vite !

Puis l'appel fut coupé.

Quand les gendarmes arrivèrent à l'adresse qu'avait indiquée l'adolescente, ils trouvèrent la porte d'entrée entrouverte et la maison plongée dans l'obscurité. Ils pénétrèrent avec précaution. Inspectèrent chaque pièce. Rien dans l'entrée. Rien dans la cuisine, si ce n'était un rôti de veau qui achevait de cuire, ou plutôt de carboniser dans le four. Puis l'un des gendarmes entra dans le salon et dégobilla sur le carrelage. Les autres le suivirent. On alluma la lumière. Tout d'abord, on vit deux personnes de dos, assises sur le canapé, un homme et une femme, et la télévision allumée sur une publicité pour déodorant. On fit le tour du canapé. On étouffa un cri. L'homme et la femme avaient les yeux ouverts, figés dans une expression d'horreur et de stupéfaction. L'homme était proprement éventré, la femme avait un couteau de cuisine enfoncé dans la gorge. À l'étage, on ne trouva personne. On fit le tour. Une chambre bien rangée, celle des parents. Une chambre dans un bazar indescriptible, parsemée de jaquettes de jeux vidéo, celle du fils probablement. Enfin, une chambre de fille, rose bonbon, dont les murs étaient recouverts de photos de l'adolescente et de sa famille, et le sol imbibé d'une large tache de sang.

Une enquête fut ouverte. Les voisins interrogés, la famille contactée. Il apparut rapidement que la voiture des parents, une Clio bleue, avait disparu. On soupçonna le fils, Loïc. Tout portait à le croire. C'était un jeune homme dérangé, mauvais élève, en conflit ouvert avec son père et addict aux jeux vidéo ultra-violents. Pour couronner le tout, il avait tous les albums de Marilyn Manson et s'apprêtait à être renvoyé de son lycée pour avoir frappé un de ses enseignants. Ça faisait beaucoup.

La priorité des enquêteurs, c'était la jeune fille, Blandine. Où était-elle ? Le sang dans la chambre avait été analysé, c'était bien le sien. Était-elle morte ? Qu'avait fait Loïc du corps ? On lança un appel à témoins. Si Blandine était encore en vie, il fallait faire vite...

La Clio bleue gronda dans le parking désert qui faisait face à l'océan. Elle s'arrêta au milieu, le moteur se coupa et le silence revint sur l'étendue bétonnée et jaune. La portière s'ouvrit.

Quelqu'un sortit de la voiture, claqua la portière. Se dirigea vers la plage. Enleva ses chaussures à l'orée du sable. Fit quelques dizaines de pas, avant de s'asseoir.

L'océan était magnifique de nuit. Paysage bicolore, sable blanc et onde noire. L'eau se confondait avec le ciel. Une légère brise traversa les longs cheveux de Blandine.

Elle roulait depuis plusieurs heures sans destination particulière quand elle avait été traversée par l'envie de voir la mer. N'importe laquelle, pourvu que l'eau y soit. Pure, immense, brûlante. Il n'y avait pas assez d'eau dans l'esprit de Blandine, il fallait qu'elle la cherche ailleurs.

Elle avait vu suffisamment de feu pour un bon moment. Le feu rouge et métallique du sang de ses parents, puis de son frère.

Le pauvre, il était resté comme deux ronds de flan quand il avait vu le père et la mère massacrés au salon. Quel con... Il s'était tourné choqué vers sa sœur, avait crié, s'était étranglé :

« C'est toi ? C'est toi qui as fait ça ? »

Les lèvres de Blandine s'étaient retroussées, elle avait sorti le long couteau de cuisine de son jean slim et elle l'avait frappé. Planté. Au ventre, à la poitrine, aux cuisses, à la gorge ; elle avait ouvert la braguette de son pantalon et avait laissé tomber le couteau, là, en plein milieu, sur cette petite queue rosâtre qui faisait la fierté de Loïc.

Quand elle avait commencé à fatiguer, elle s'était redressée au-dessus du corps tordu et sanglant.

Loïc était mort. Pire que mort. Distendu, ambre, acide, froid. Blandine l'avait contemplé plusieurs minutes, ou plusieurs heures peut-être, choquée, désespérée, tentant avec acharnement de relier ce corps éparpillé avec le frère qu'elle avait connu, et puis non elle n'y arrivait pas, vraiment pas, c'était juste un corps mort et disloqué, alors elle l'avait découpé. Elle avait récupéré la scie sabre de son père à la cave et elle avait découpé son frère. Elle avait ensuite scrupuleusement nettoyé le sang de Loïc, avait rassemblé les morceaux dans un amas de larges jupons multicolores qui traînaient au fond de sa penderie, vestiges d'une enfance où elle aimait se déguiser, porter des habits trop grands, mal assemblés, bariolés. Elle avait jeté le tout dans le coffre de la Clio avec la scie, puis s'était rendue dans sa chambre.

Elle avait repris le couteau de cuisine et s'était entaillé profondément le bras. Le sang avait ruisselé et Blandine, assise en tailleur contre son lit d'enfant, avait observé et la douleur et la fente qui s'était formée dans sa chair, les lèvres serrées, se forçant à la plus grande curiosité pour les effets que son corps créait. Pour la faire réagir, sûrement. Mais elle n'avait pas réagi. Elle avait refusé. Elle s'était mordu l'intérieur des joues et avait attendu que le sang coule sur le parquet.

Omettant la douleur, c'était délicieux. Elle n'avait rien connu de tel ; même quand elle se caressait, le plaisir n'était pas aussi violent. Elle ne le reconnaîtrait jamais. Jamais. Elle aurait toujours sur ses lèvres le goût du sang et le goût de la haine, et la jouissance qui l'habitait. Elle avait composé le 17, avait feint une terreur sans nom puis elle était partie. La police suspecterait d'abord Loïc, c'était à peu près certain, elle avait tout fait pour. Cela lui laissait du temps. Du temps pour quoi ? Elle n'en savait rien.

Ils étaient tous morts à présent. Peu à peu, elle reprenait ses esprits, réalisait ce qu'elle avait fait. Il n'était plus possible de faire marche arrière désormais. C'était irréversible.

Irréversible.

Elle en rêvait depuis si longtemps... Elle ne pensait pas le faire un jour. Elle, Blandine, la jeune fille sage et disciplinée, silencieuse, « discrète » disaient ses enseignants. Elle imaginait déjà les gros titres des journaux (« une adolescente tue toute sa famille »), les témoignages des copines, des voisins, de ses grands-parents (« elle était si gentille », « comment pouvions-nous deviner ? », « jamais je n'aurais cru que... »).

Être arrêtée ? Mise en prison ? Elle ne l'envisageait pas. Pas de suicide non plus. Romantique perspective, mais elle tenait à elle-même. Pourquoi avait-elle fait ça ? Elle aurait été incapable de répondre. Parce qu'elle ne l'aimait pas, cette famille. Parce que ça lui avait plu, de les tuer un par un. Quelque chose comme ça. Aucune raison sérieuse.

Si elle n'y avait pas mis un terme, la vie se serait poursuivie dans une linéarité médiocre et désolante. Le père aurait conservé son antipathique dignité, la mère aurait entretenu sa soumission amollie par les antidépresseurs, Loïc aurait continué à jouer au *bad boy* incompris de la société. Son frère. Son frère qu'elle aimait. Tout était parti de lui. Elle avait accepté de faire une partie de jeu vidéo avec lui. Le jeu consistait à tuer un maximum de personnes dans un temps record. On gagnait des points supplémentaires en tuant avec raffinement de cruauté. Blandine détestait ce jeu, mais elle avait accepté pour faire plaisir à son frère. Elle se défendait bien. Et Loïc lui avait dit, tandis qu'il décimait dans les règles de l'art une famille au grand complet :

« Un jour, je ferai la même chose aux darons.

— Arrête tes conneries, avait répondu Blandine, mal à l'aise.

— Je déconne pas, un jour je le ferai. Je peux même te dire que ce sera dans pas longtemps. »

Il lui avait expliqué, en rigolant, de quelle manière il s'y prendrait. Blandine l'avait dévisagé d'un air si effrayé qu'il s'était repris.

« C'est bon, laisse tomber, je le ferai pas… »

Mais Blandine savait qu'il était sérieux. Elle connaissait son frère, il était franc. Stupide, mais franc.

Il fallait l'en empêcher. Non pas parce qu'elle tenait beaucoup à ses parents, mais parce qu'elle refusait que son grand frère, celui qui l'avait consolée quand elle était enfant, qui l'avait soignée quand elle s'était écorché le genou en courant après un chat, qui l'avait protégée contre un garçon qui la harcelait, que son frère adoré se transforme en meurtrier. Qu'allait devenir Loïc s'il tuait toute sa famille ? Un criminel, trop bête pour maquiller convenablement son forfait, il allait finir en taule, ne serait plus son frère protecteur, seulement un gamin méprisable et sans avenir.

Il avait toujours été là pour elle, il était normal qu'elle l'aide aussi. Elle avait endossé le projet de Loïc, avait décidé d'en porter la lourde responsabilité. Elle l'avait tué. Mais par amour, uniquement par amour. Elle n'était pas certaine qu'il l'ait compris.

Blandine sourit à l'océan et jeta dans l'eau glacée les restes de son frère. Les jupons multicolores dérivèrent au gré des vagues, tache informe et éclatante sur l'océan noir.

Vieille bourrique

Ah, ma bonne femme ! La vie n'est plus ce qu'elle était, elle n'a plus la saveur citronnée d'avant, d'avant qu'on soit vieux, toi et moi... Tu te souviens de ta jeunesse, ma femme ? Tu dansais au bal de la Saint-Jean dans ta jolie robe rose à fleurs multicolores. Les plis du tissu tournaient avec toi, tu étais ravissante.

Non, la vie n'est vraiment plus la même... Tu ne réponds pas, ma femme ? Bah, tu ne réponds plus depuis longtemps, tu me laisses patauger dans mes souvenirs et toi, tu ne dis rien, tu t'en fous ! Tu es vraiment devenue une vieille bourrique. Mais moi, je te le dis, les journées sont devenues savonneuses depuis la retraite. Remarque, je te dirai, avant déjà, c'était pas le pied...

Allez, lâche-la, ta casserole ! Que je te raconte encore un peu ma jeunesse. J'avais de la vie en moi, j'avais du sang, des veines, des voyages dans la tête. Je voulais être marin. J'avais rien dans le crâne. De l'eau. Eh oui, de la flotte. Je voulais m'engager sur un rafiot quelconque et que tu m'attendes, toi ou une autre, amarrée au port. Je le voyais bien ça, je t'imaginais bien m'attendre. Tu n'avais pas de visage à l'époque, je ne te connaissais que de loin. Tu m'étais familière, comme toutes les filles du village. Les jeunesses se ressemblent, maintenant que je suis vieux, je le vois. Jeune, on croit qu'on peut tout faire, qu'on peut prendre l'épouse qu'on veut, qu'on a le choix. Mais c'est les mêmes gueules lisses, blanches et tendues ; c'est les mêmes corps nerveux, les mêmes petits seins, les mêmes culs sous les mêmes robes fleuries. Et les mêmes oreilles. Fines, ourlées, courtes. Je t'ai pas épousée pour tes oreilles, mais si j'avais su qu'elles ressembleraient à ça avec l'âge, crois bien que j'y aurais réfléchi à deux fois. Que veux-tu, c'est la vieillesse : les oreilles s'allongent, les lobes s'étirent, ça fait des trucs énormes qui pendouillent de chaque côté de la tête, vraiment c'est pas beau, et avec du poil qui pousse dedans, en prime. Herbe de cimetière. Je peux pas t'en vouloir, j'ai les mêmes oreilles. On a tous les mêmes oreilles à soixante-quinze ans. Bonne mère, soixante-quinze ans ! On n'y pense pas à ça, quand on est jeune. On se croit jeune à perpét'. J'avais une idée assez précise de ma vie. Prendre une femme, m'engager comme marin, mon père fier de moi et ma mère en pleurs, faire un gosse à ma femme à l'occasion. Et puis quitter la mer, acheter une maison dans les Asturies, la terre de mes anciens. Prendre un chien, aller à la pêche le samedi et à la chasse le dimanche. Des petits bouts de rêve. C'est qu'on est des gens simples, nous autres, on prend les rêves qui sont à notre portée. Mes parents, ils sont arrivés en France, j'avais trois ans. L'Espagne, j'ai pas eu le temps d'en profiter beaucoup, avec Franco au pouvoir et toute cette saloperie de guerre. J'aime pas les guerres, je te l'ai dit souvent, ça. Ils se sont planqués dans le sud de la France, là où on avait encore un peu de liberté. On s'en sortait. Enfin, moi je sais pas, j'étais trop petit. Après la guerre, c'était bien. Les gens étaient heureux. Ils avaient décidé d'oublier, vite, vite. On vivait. On rêvait. Et puis il y a eu ce bal de la Saint-Jean, toi si ravissante et puis cette autre fille, moins belle sans doute, mais c'était elle, je voulais me l'épouser.

Mais lâche-là, enfin, cette casserole ! Toujours en cuisine, depuis le début de notre ménage. Toujours à veiller sur tes pâtes, un torchon sur la casserole pour qu'elles ne cuisent pas trop vite, et ça m'a toujours gonflé, cette espèce d'affection pour un foutu ustensile et une foutue cuisine. Je sais, je suis pas un tendre, j'ai beaucoup crié. Des fois, je t'entendais pleurer des menaces informes, les yeux rivés sur ta casserole. Comme ma mère avec mon père. C'est comme ça, la famille, ma femme. Je suis le chef, le père, et toi t'as rien à dire. Toi, fais tes pâtes, fais la vaisselle, et m'emmerde pas parce que je ne me déchausse pas avant d'entrer. Qu'est-ce que t'as pu m'emmerder !

Enfin, j'en étais où ? Il y avait cette jeunesse, je voulais me la marier, et juste après, il y a eu la guerre d'Algérie. On m'a envoyé là-bas, et ce qu'il s'y est passé, je ne te l'ai jamais raconté. Jamais, à personne. Tu comprends, ça a duré plusieurs années, quand même. À avoir peur et à faire peur. Les choses qu'on a faites là-bas, ces choses-là qu'aucun d'entre nous n'aurait faites de lui-même mais que, dans le contexte, on se sentait autorisés à faire... Jamais je n'ai oublié, mais je te raconterai pas. Non, je ne peux pas. Faut pas croire, je m'en souviens. Des fois, ça me réveille la nuit, ça me tient sur le feu jusqu'à l'aube. Je descends et j'allume la télé. Je regarde n'importe quoi, un film, une émission, un débat, de l'opéra. Pourvu que ça me foute la paix, ces souvenirs.

Quand je suis rentré, ma fiancée ne m'avait pas attendu. Elle s'était mariée avec un gars de la ville, plus âgé qu'elle, qui s'était fait exempter pour avoir fait deux gosses dans sa jeunesse. La bonne farce ! Des gosses, je lui en aurais fait, moi, à cette garce. Et toi, non, tu étais seule. Alors je t'ai épousée, j'ai laissé tomber l'idée de partir en mer, je t'ai mise enceinte quatre fois, et quatre fois j'ai été un père comblé. Un mari aussi. Mais je ne t'ai pas rendu heureuse, je le sais.

Bah, à quoi bon ressasser tout ça, hein ? C'est le passé, c'est tout. Et je sais ce que tu vas me dire, que j'aurais pas dû me mettre en rogne aussi souvent, ni t'engueuler comme je le faisais, ni te forcer à faire des siestes avec moi alors que t'en avais pas envie. Mais, hé, je suis ton mari, tout de même. Ça donne quelques droits, non ?

C'est bien, ma femme, ma bourrique, ma vieille carne, c'est bien. Tu as élevé nos enfants, tu m'as donné un fils, sans te plaindre. Pas sérieusement en tout cas, et tant qu'on ne touchait pas à tes précieux géraniums, tu ne disais trop rien. Y a qu'avec les animaux, là on ne peut pas dire que tu les aimais. Pourtant on en avait, des bestioles : chats, chiens, poules, canaris. Tu te souviens des canaris, ma femme ? Un jour que tu étais en colère, tu en as écrasé un par terre et tu l'as piétiné. Parce ta petite dernière chouinait pour le prendre dans ses bras. « Y a plus d'oiseau » tu as crié et paf ! tu l'as écrasé. Le pauvre piaf a éclaté comme une tomate. C'était pas bien, ça. La petite a boudé pendant des semaines. Après coup, je me dis qu'elle avait un peu peur de toi. Des fois qu'il te serait venu à l'esprit de l'écraser aussi. J'en sais rien, ou bien elle aimait juste cet oiseau stupide qui s'est laissé écrabouiller sans rien faire. J'ai jamais bien compris ce qu'il y avait dans la tête des filles. Enfin, la petite elle a plus moufté, ça a duré des plombes. Et le chat, tu te rappelles ? Quand tu lui as coincé la tête dans l'embrasure de la porte de la cuisine. Il a plus jamais été le même, il est devenu fada. Il bouffait les éponges et les cinses, il pissait partout, il avait peur des souris et des escargots. Pourquoi ? Va savoir mais je m'en suis vu avec lui. Fêlé, le matou, complètement. Je peux bien te demander maintenant, parce que ça m'a toujours taraudé : tu l'as fait exprès ? Hein ? Mais réponds, bon sang ! Tu m'énerves avec ta casserole. Toujours, toujours. Hé, si j'étais coquin, je te dirais que j'aurais aimé être le manche de cette casserole. Sûr que tu l'as plus tripoté que moi. Tu ne réponds pas, dis ? Ça te plaît de me faire tourner chèvre...

Je continue, puisque tu ne dis rien. Faut bien que quelqu'un parle. C'était le bon temps, tout ça, ma femme. Aujourd'hui que les gamins font leur vie, et leurs petits aussi, qu'est-ce qui nous reste ? Je pensais pas qu'il m'arriverait encore quelque chose à raconter. Je pensais qu'on allait mourir ensemble, moi, toi et ta casserole, dans notre lit de préférence. Mais tu m'as joué un tour pendable, bourrique que tu es, t'as déraillé. Petit à petit, tu m'as confié ta casserole et j'ai appris à faire des pâtes. Toi, tu voulais rien manger, il fallait te forcer. Et comme t'avais plus de dents, j'ai appris à faire des soupes et de la purée, que tu délaissais en dodelinant de la tête comme les chiens, tu sais ces chiens en plastique à l'arrière des voitures. On en avait un dans le temps. Moi, j'ai pas fait ma mule, j'ai cuisiné, j'ai fait le ménage, le linge, tout ce que tu faisais jusque-là. Je ne me suis pas plaint. Pas sérieusement en tout cas, et tant que tu n'arrachais pas les pétales de tes précieux géraniums, je n'ai trop rien dit. Toi, tu ramassais des feuilles mortes. Toute la journée, des feuilles mortes. Et quand il y en avait plus, tu en remettais, tu les étalais bien, et tu les ramassais. Fada comme le chat, pour un peu j'en aurais caché les éponges.

Alors, ma femme, tu ne dis toujours rien ? Mais c'est vrai que c'est pas simple pour toi, moi je parle tout le temps en ce moment, et toi que veux-tu répondre ? Toi qui es morte depuis trois ans...

Ah, bon sang, mais tu vas la lâcher, cette casserole ? Sur la fin, tu me poursuivais avec dans toute la baraque. Mais c'est juré, je l'ai pas fait exprès. Je voulais pas, je voulais pas te pousser, un réflexe de survie, tu comprends, comme en Algérie. Mauvaise chute, la nuque contre le coin du buffet, un craquement, un couinement. Tu as glissé sur le sol d'une manière pas naturelle, ta casserole à la main.

Je m'en veux, tu sais. Et tous les jours, du matin au soir, je trimballe cette foutue casserole en me traitant de vieille bourrique.

La hache

Je ne savais rien de ma grand-mère.

Je savais seulement qu'elle était un peu folle. Qu'elle vivait dans son monde.

Je la voyais de temps en temps, essentiellement lors des repas de famille, ceux qui durent des plombes, qui commencent en milieu d'après-midi, après un apéritif de deux heures, et qui s'achèvent au soir, juste avant le dîner. À table, elle se balançait sur sa chaise. Elle avait les yeux vides comme si elle était aveugle. Elle ne parlait pas, ou seulement pour dire « oui ». Elle disait « oui » à tout. Mamie, je peux reprendre du gâteau ? « Oui. » Mamie, je peux jouer avec tes bibelots ? « Oui. » Mamie, je peux te faire des tresses ?

« Oui. » Elle semblait dire « oui » à n'importe quoi, et je reconnais que j'en profitais un peu parfois. Quand j'étais chez elle, que je faisais une bêtise et que maman s'en apercevait, je disais toujours pour me dédouaner : « Mamie m'a dit *oui* ! », ce qui n'empêchait pas ma mère de me réprimander.

Elle était un peu bizarre, ma grand-mère. Pas tout à fait avec nous. Je ne me posais pas de questions, pourtant. Je supposais que toutes les mamies étaient ainsi.

Aujourd'hui, tandis qu'elle préparait le canard pour le repas de dimanche, maman m'a raconté l'histoire de mamie. « Tu es grande, m'a-t-elle dit. Tu as treize ans, tu peux entendre la vérité. »

J'ai hoché la tête. Ma mère me faisait très peur à cet instant précis.

Alors, elle m'a raconté.

« Mamie n'a pas toujours été comme ça, mon poussin. Quand j'étais petite, c'était une bonne femme pleine de vie. Elle s'occupait bien de nous, au début. Pourtant, tu le sais, on était nombreux dans la famille : quatre filles et deux garçons. C'était du maille ! Elle ne travaillait pas, à l'époque ce n'était pas dans les habitudes. Elle s'occupait de la maison et de nous, et je pense que, même si elle avait pu, elle n'aurait pas pris un emploi, tant toutes ces activités l'accaparaient. Ce n'était pas une maman très attentionnée, comment peut-on l'être avec six enfants ? Et puis, ce n'était pas dans l'air du temps. C'était chacun à sa place, tu comprends. Les enfants d'un côté, les adultes de l'autre, et on demandait aux enfants de devenir responsables et sérieux avant même qu'ils aient perdu leurs dents de lait. »

« C'est triste, ai-je dit.

— C'est l'époque qui voulait ça », a répondu ma mère en haussant les épaules.

Elle a continué.

« Mamie a changé petit à petit. Au début, on ne s'en n'est pas aperçus. On ne se souciait pas beaucoup d'elle, quand j'y pense. C'était notre maman, elle nous préparait à manger, nous donnait le bain, nous emmenait à l'école, nous racontait une histoire le soir et lavait notre linge. C'était normal pour nous. De la même manière que mon père rentrait le soir de son travail en grognant, mettait les pieds sous la table, dînait en silence et nous mettait une claque sur le museau quand on se disputait. Normal. À l'époque, en tout cas.

Un jour, ma mère a oublié de nous emmener à l'école. Quand je le lui ai dit, elle m'a répondu sur le ton de l'évidence qu'on était dimanche et que le dimanche, il n'y a pas école. J'étais certaine qu'on était lundi, mais je n'ai pas insisté, j'étais tellement contente de louper un jour de classe ! Avec mes frères et sœurs, on a joué toute la journée, et je me souviens que ma mère n'a pas fait grand-chose, elle a passé sa journée dans le fauteuil du salon à faire des mots fléchés. Puis tout a repris comme à l'ordinaire. Sauf qu'elle a commencé à oublier des choses, à perdre ses affaires, à mettre la table au beau milieu de l'après-midi, à laver le linge qu'elle venait juste de laver. Un soir, elle a oublié de nous raconter une histoire. Le lendemain, même chose. Je lui ai dit : « Maman, on t'attend pour l'histoire ! » et elle a juste répondu « oui » mais elle n'est pas venue. Nous n'avons plus jamais eu d'histoire.

Ce n'est pas ton grand-père qui nous en aurait raconté une. Ce n'était pas quelqu'un de très bien, mon père. Quand il s'est aperçu que mamie déraillait, il a pensé qu'elle avait la tête ailleurs à cause d'un amant et il lui a mis quelques raclées pour « lui apprendre la vie », comme il disait. Il le faisait déjà quand ils étaient jeunes. »

« C'est horrible ! me suis-je écriée.

— Oh, tu sais, c'est l'époque qui voulait ça », a répondu ma mère avec indifférence.

Elle a poursuivi.

« Mamie a perdu la tête de plus en plus. J'avais treize ans – ton âge – et, comme j'étais l'aînée, je m'occupais de la maison à sa place. Je préparais le repas, donnais le bain aux plus jeunes, j'allais seule à l'école en veillant sur mes frères et sœurs, je leur racontais une histoire le soir et je lavais le linge. Quand mon père me demandait qui s'occupait de la maison, je répondais invariablement que c'était ma mère. Je ne voulais pas qu'il la batte, donc je mentais. Je pense qu'il n'était pas dupe, il suffisait de la voir pour comprendre qu'elle n'était pas avec nous, qu'elle n'était plus capable de grand-chose.

» Il a fini par l'emmener chez le médecin du village. Celui-ci l'a auscultée, lui a posé quelques questions auxquelles ma mère a répondu systématiquement « oui ». Puis, il a affirmé à mon père : « Démence sénile. C'est la vieillesse, ni plus ni moins. » Mon père s'est exclamé : « Mais elle n'a que quarante-deux ans ! » Le médecin s'est contenté de hausser les épaules. Selon lui, les signes de la vieillesse pouvaient apparaître, chez certains patients, bien avant la vieillesse elle-même. Était-ce à cause d'un amant ? Non, rien à voir. Que pouvait-on faire ? Attendre. Observer. Noter l'évolution de sa sénilité.

« Quel imbécile, ce toubib ! » ai-je crié.

Ma mère a ri.

« Eh oui ! C'est l'époque qui voulait ça. »

Elle a repris.

« Tu te doutes que la démence sénile de mamie n'a fait que s'aggraver. Non seulement elle oubliait des choses mais en plus, elle avait des comportements incohérents. Elle s'est mise à collectionner les bouchons : en liège, en plastique, en fer. Elle les alignait avec détermination sur l'étagère de la salle de bains et piquait des colères monstrueuses si on en déplaçait un. Elle les a oubliés le jour où elle a commencé à collectionner les étiquettes de fruits. Puis ce furent les briquets, les cuillères et enfin, les rognures d'ongle.

Sa maladie ne s'est pas arrêtée là. La première fois qu'elle a tapé ton grand-père, je crois bien qu'il en a été très surpris. Il lui a rendu sa baffe, mais cela n'a rien changé. Elle l'enfermait dans les toilettes ou dans la salle de bains, des heures durant, jusqu'à ce que l'un d'entre nous vienne le libérer ; elle lui jetait des objets au visage, elle...

« Quoi comme objet ? l'ai-je interrompue.

— Oh ! Des assiettes, des clés, des coussins, tout ce qu'elle avait sous la main...

— C'est l'époque qui voulait ça ?

— Mais non, enfin ! Qu'est-ce que tu racontes ? »

Elle s'est replongée dans son récit.

« Je disais donc... Elle était de plus en plus violente avec lui. Le pauvre homme n'y comprenait rien.

Enfin, une nuit, je m'étais levée pour aller faire pipi quand j'ai entendu un grand cri. J'étais à moitié endormie, il m'a fallu un peu de temps pour comprendre qu'il s'agissait de la voix de mon père. Je me suis précipitée dans la chambre de mes parents. La première chose que j'ai vue, c'est la hache couverte de sang. La seconde, c'est ma mère qui la tenait dans ses mains et qui me regardait de ses yeux vides. La troisième, mon père qui se tordait dans le lit parental en se tenant l'épaule.

J'ai enlevé la hache des mains de ma mère, qui n'a rien fait, qui m'a juste dit « oui ». Elle contemplait mon père et semblait ne pas comprendre. J'ai appelé les secours et je suis restée aux côtés de mon père jusqu'à leur arrivée. Pendant ce temps, maman – ta mamie –, assise sur le plancher de la chambre, se balançait en répétant « oui. » Les gendarmes sont arrivés, ils l'ont emmenée. Quand ils ont compris qu'elle ne se souvenait même pas de son geste, ils l'ont mise chez les fous. »

« Et papy ?

— Oh ! Il a failli y passer, tout de même. Le coup de hache était puissant. Mais aucun organe vital n'avait été touché.

— C'est pour ça qu'il ne peut pas bouger son bras droit ?

— Oui, c'est depuis cette nuit-là. Après, j'ai vécu quelques temps chez ma tante, la sœur de mamie. Mes frères et sœurs ont été placés auprès d'autres membres de la famille.

— Mais mamie est sortie de l'asile...

— Oui, au bout de quelques semaines, la famille a fait pression sur les médecins pour qu'ils la laissent sortir. Ils ont accepté, à condition qu'elle soit sous camisole chimique.

— Camisole chimique ?

— Des médicaments qui l'empêchaient d'être à nouveau dangereuse. Elle avait quarante-six ans. Depuis, elle est telle que tu la connais. »

Je suis restée sonnée un instant. J'avais la bouche sèche. Tout en achevant son récit, ma mère finissait de plumer le canard pour dimanche. Elle lui avait coupé le cou, et je contemplais, avec une nausée qui montait dans ma gorge, la hache dont elle s'était servie pour tuer l'animal. Je contemplais le sang qu'elle avait récupéré dans un bol. Et mes yeux allaient du bol à la hache, et à ma mère, qui ne semblait pas le moins du monde réaliser la portée de ses mots.

Le visage ridé de ma grand-mère s'est substitué à celui sans expression de ma mère. J'ai quitté la cuisine pour me précipiter dans le salon où mon père, avachi sur le canapé, écoutait d'une oreille lasse les informations. Je suis restée longtemps dans le salon, les yeux fixés sur son épaule, et j'imaginais à sa place une blessure béante, du sang sur son tee-shirt orange et sur le tissu du sofa.

Je suis retournée à la cuisine. Ma mère n'y était plus. La hache était toujours sur le plan de travail. Je l'ai saisie brusquement.

Depuis le balcon de notre appartement du cinquième étage, je l'ai jetée de toutes mes forces. J'ai regardé la hache tomber.

J'aurais dû remarquer que la poche poubelle de la cuisine n'était plus là. J'ai compris trop tard que ma mère était descendue la jeter.

J'ai entendu crier.

Orange-vanille
nouvelle bonus

« Je sais tout de toi. Je t'ai observé, j'ai analysé chacune de tes phrases. La manière dont tu parles, dont tu souris, et cette manie que tu as de caresser ton menton quand tu réfléchis. Je t'ai suivi quand tu rentrais chez toi, j'ai fait des recherches, j'ai rencontré tes parents. Des gens pas très agréables, froids comme des cailloux. J'imagine ce que tu as pu ressentir dans ton enfance, moi seule peux le comprendre, tu sais. L'autre jour, à la boulangerie, j'ai croisé ton ex-femme. Je lui ai souri, parce que je ne lui en veux pas de t'avoir quitté. Elle ne pouvait pas te comprendre comme moi. Elle n'est qu'une petite femme ordinaire, ce n'est pas de sa faute.

Je suis dans chacun de tes pas. Je te suis, je te précède. Mon ombre t'enveloppe en permanence. À chaque instant, je sais où tu es, avec qui. Je connais tes errances nocturnes, je connais ton secret.

Je veux être dans toutes tes pensées, même les plus anodines.

Je sais tout, Éric : ton enfance, ta carrière, tes rêves, tes envies, tes coucheries. Ce n'est pas très reluisant. Mais je suis toujours là. Personne ne te connaît mieux que moi. Nous sommes faits l'un pour l'autre. Il serait temps que tu l'admettes.

D'ailleurs tu m'aimes, c'est certain. C'est juste que tu ne le sais pas encore. »

Catherine reposa son stylo plume et contempla la feuille recouverte d'encre orange d'un œil dépité. Elle achevait sa trente-huitième lettre à Éric. Et elle commençait à se lasser de ce petit jeu. Éric l'aimait, pourquoi ne pas alors le lui avouer ? À cause de la différence de statut social, sans doute. Une secrétaire, ce n'était pas compagnie très prestigieuse et Éric était homme à se soucier du regard de ses pairs. Mais elle y mettait du sien, elle avait commencé à remplir le dossier pour s'inscrire en première année de droit. Un jour, elle serait à son niveau. Un jour...

Elle plia la lettre, l'aspergea de son parfum à la vanille et la plaça dans l'enveloppe. Plus le temps passait, plus elle lui en voulait. Elle lui en voulait pour son indifférence, feinte bien sûr, mais qui la faisait souffrir. Elle lui en voulait pour son attitude arrogante. Elle lui en voulait pour ses errances nocturnes, pour ce secret qu'elle seule connaissait.

C'était pourtant lui qui l'avait séduite le premier. Dans ce bar, elle avait remarqué son regard. Il n'avait pas dit grand-chose, mais son regard suffisait. Elle avait deviné : ils étaient faits l'un pour l'autre, elle n'avait pas peur, contrairement à lui, de le reconnaître.

Lui ne pouvait pas comprendre ce sentiment qui lui était jusqu'alors inconnu. Quand Cat avait croisé son ex-femme, elle avait tout de suite compris que cette créature sans charme avait été un pot de fleurs pour Éric. Elle l'avait quitté, sans doute parce qu'elle avait appris ce qu'il faisait de ses nuits, mais incontestablement cela n'avait pas chamboulé monsieur l'avocat. Il ne l'avait jamais aimée. Cat en avait presque de la peine pour elle. Un jour, elle lui en parlerait. Un jour, plus tard, quand il aurait accepté leur amour comme inéluctable.

Un jour, il comprendrait à quel point il n'était rien sans Cat. Elle visualisait des scènes torrides dans des suites hôtelières hors de prix, de la passion, des disputes, des amours brûlantes. Elle en rêvait le matin en s'endormant.

Ses nuits, elle les occupait à le suivre. Elle connaissait à présent chaque appartement de chacune de ses conquêtes. Elle savait *tout*.

Il reçut la trente-huitième lettre à son domicile. Il trembla en la découvrant, la jeta d'abord dans un coin, puis la récupéra, l'ouvrit d'un coup sec, en parcourut le contenu. La vanille se diffusa dans son salon. Il trouvait l'odeur des plus écœurante.

Il se jeta dans un fauteuil design et inconfortable, la lettre à la main. Longtemps, il réfléchit. Une envie violente de déshabiller une femme, n'importe laquelle, le saisit tandis que le soir tombait. Il prit son manteau et claqua la porte de l'appartement.

Elle avait attendu toute la journée devant chez lui. Quand elle le vit sortir de chez lui, l'air pressé, elle le suivit discrètement. Ce n'était pas qu'elle l'espionnait, mais elle était curieuse. Chez qui se rendrait-il ce soir ? Marina ? Cindy ? Laure ? Mélissa ? En général, il s'en faisait deux, voire trois par nuit.

L'air de la nuit, doux, humide, lui fit du bien. Éric accueillait toujours le soir avec volupté. Pour commencer la soirée tranquillement, il avait pris rendez-vous avec Lola. Elle l'accueillit sur le perron de son appartement en tee-shirt large, les jambes nues.

« Salut, beau gosse. Désolée, tu m'as prévenue tard, je n'ai pas encore eu le temps de me préparer. »

Il la contempla, les yeux brillants.

« Et si tu attendais un peu avant de te préparer ? »

Il referma la porte derrière eux, lui retira son tee-shirt informe. Il sentit monter en lui ce désir irascible, impossible qui l'accaparait chaque nuit jusqu'à l'aube. Il la prit contre la mur de l'entrée avant même qu'elle ait le temps de répliquer.

Dehors, Cat attendait. Assise sur un banc, non loin de l'appartement de Lola, elle pleurait. Elle savait très bien ce qu'Éric faisait à ce moment précis. Cela lui faisait tellement mal qu'elle espérait en mourir d'asphyxie.

Il la conduisit dans un restaurant huppé du centre. Manger ne l'intéressait pas spécialement, mais c'était ce que la donzelle attendait de lui. La courtoisie la plus élémentaire voulait qu'on laisse la demoiselle se sustenter entre deux ébats. Lui avait déjà en tête la suite. Manger, boire un verre, puis retourner baiser, encore et encore, jusqu'à plus soif. Avec la même ou avec une autre, si la première fatiguait.

Combien de nuits avait-il passé ainsi ? Combien de nuits qui se ressemblaient comme si ce n'était qu'une seule même et interminable nuit ? Au fond de lui, il trouvait tout cela épuisant, pénible, lamentable. Il s'en voulait, mortellement. Mais il était incapable, véritablement incapable de se retenir, de contenir ce besoin impérieux. Que n'avait-il perdu par ce mal affreux ! Des dizaines de femmes s'étaient lassées de lui, il avait parfois laissé échapper des affaires importantes car il ne pouvait programmer aucun dîner d'affaires. Toujours fourré chez une nana, incapable de se retenir, obligé parfois de s'offrir une prostituée quand il n'avait personne sous la main. Et puis, surtout, il avait perdu sa femme. Le jour où elle avait découvert ses infidélités, elle qui devait déjà subir des assauts quotidiens, elle avait pété un câble, l'avait traité d'animal en rut, de fou, de mec abject. Elle avait réuni ses affaires et s'était barrée. Le tout en une heure. Quatorze ans de vie commune, une heure pour tout foutre en l'air, le balancer aux ordures et s'en aller. Cette rupture abrupte aurait dû remettre les pendules à l'heure. Son besoin bestial aurait dû être mis en veilleuse, il aurait dû courir après sa femme et la supplier de lui pardonner. Au lieu de quoi, cela empira. Sans le garde-fou que représentait son épouse, il se laissa encore davantage aller à une sexualité débridée. Insatiable. Il touchait le fond.

Et, à présent, la folle connaissait son secret. Elle savait. Il avait lu tout ce qu'il pouvait sur l'érotomanie. Il savait qu'elle ne s'arrêterait jamais. Elle l'avait dans le viseur et ne décrocherait pas, fascinée qu'elle était par ce qu'il symbolisait : le pouvoir, la réussite sociale, l'argent, l'inaccessible.

Le repas touchait à sa fin. Lola parlait, lui racontait quelque chose, il ne savait trop quoi, n'avait pas écouté, se contentait de hocher la tête vaguement. Il but une gorgée de son café et sourit. Il n'aurait jamais cru que ce serait une folle érotomane qui le guérirait de son mal. Et pourtant...

Il rentra chez lui à cinq heures du matin, repu et satisfait. Cat fit de même, son amour malade en bandoulière. Tous deux s'endormirent aux premières lueurs de l'aube.

Éric avait tout prévu. C'était bien le genre d'un avocat. Ex-avocat, se corrigea-t-il. En ce samedi après-midi, il jeta quelques vêtements dans un sac, ses affaires de toilette, un livre pour la route. Puis il prit sa voiture et se rendit à la gare. Une vague d'exaltation s'empara de lui. Mais cette fois, ce n'était pas du désir. Il avait dit adieu au sexe la veille. Il ne toucherait plus jamais une femme, il se l'était promis.

Catherine lui faisait trop peur. Il savait qu'elle ne le lâcherait jamais, pas tant qu'il était Éric, l'avocat connu, admiré, entouré. La seule chose qu'il pouvait faire pour lui échapper, c'était disparaître. N'être plus personne. Il quittait la ville pour une petite bourgade de province, dans laquelle il avait décroché un emploi saisonnier. Vendangeur, il était désormais. Autrement dit, personne.

Ainsi disparut Éric.

Cat le chercha des mois durant. En vain. Éric s'était tout bonnement volatilisé. Les mois passèrent. Elle l'effaça de sa mémoire, reprit ses habitudes. Deux blancs secs, de dix-huit heures à dix-huit heures quarante-cinq. Parfois, elle s'installait au comptoir et discutait avec le patron, quand celui-ci était d'humeur bavarde et qu'il n'y avait pas trop de monde. Les conversations étaient aussi tièdes que la piquette qu'il lui servait : quand il faisait chaud, ils s'écriaient de concert « vous avez vu ce temps ! », quand il faisait frais « vous avez vu ce temps », quand il faisait orageux « vous avez vu... ». Parfois, le patron jactait politique, et Cat se taisait, souriant pour l'approuver, n'écoutant pas vraiment les ruminations d'un homme qui vénérait l'ordre et les valeurs surannées du régime de Vichy. Elle aurait pu lui dire qu'elle n'appréciait pas sa manière de voir le monde, mais pour quoi faire ? L'homme n'était pas méchant, ne faisait rien de mal, il parlait et grommelait parce que, comme elle, il s'emmerdait et que, comme elle, sans doute, il aurait préféré être astronaute, pirate ou prostituée plutôt que tenir ce bistrot.

Un jour, alors que le patron lui apportait son second verre dans un second « voilà » léthargique, elle l'aperçut. Il était au comptoir, seul, il buvait une pression. Le hasard voulut que leurs regards se croisent et s'accrochent. Elle sourit, il sourit.

« Je sais tout de toi. Je t'ai observé, j'ai analysé chacune de tes phrases. La manière dont tu parles, dont tu souris, et cette manie que tu as d'enrouler une mèche de cheveux quand tu réfléchis. Je t'ai suivi quand tu rentrais chez toi, j'ai fait des recherches, j'ai rencontré tes parents. Des gens sympathiques, mais pas très intelligents. J'imagine ce que tu as pu ressentir dans ton enfance, moi seule peut le comprendre, tu sais. L'autre jour, à la boulangerie, j'ai croisé ta femme.

Je suis dans chacun de tes pas. Je te suis, je te précède. Mon ombre t'enveloppe en permanence. À chaque instant, je sais où tu es, avec qui.

Je veux être dans toutes tes pensées, même les plus anodines.

Je sais tout, Édouard : ton enfance, ta carrière, tes rêves, tes envies. Ce n'est pas très reluisant.

Mais je suis toujours là. Personne ne te connaît mieux que moi. Nous sommes faits l'un pour l'autre. Il serait temps que tu l'admettes.

D'ailleurs tu m'aimes, c'est certain. C'est juste que tu ne le sais pas encore. »

Salope

En remontant dans ma voiture, l'image floue de tes seins me parvient. Trois mois plus tard. Pourtant, jusque-là, je n'avais pas eu une pensée pour toi. Mais, les mains sur le cuir du volant, l'enveloppe blanche froissée sur le siège passager, je me souviens de toi maintenant. C'est cette odeur aussi, entêtante, florale et sucrée, celle de ton parfum qui me revient dans les narines comme si j'étais enfoui dans ton cou. Tu portais beaucoup d'odeurs sur toi, un vrai capharnaüm : tes cheveux sentaient l'amande et l'huile d'olive, ton corps avait goût de Dragibus, la nuit brumeuse avait parfumé tes aisselles et ton jean portait à quelques endroits les relents acres, acides, déplaisants d'une bière que tu avais malencontreusement renversée plus tôt dans la soirée. Vilain mélange.

Tu n'es qu'une fille d'une nuit. Rien de plus. Des comme toi, il y en a tous les soirs qui défilent dans ma chambre d'hôtel. Quand je suis en tournée, ou en studio d'enregistrement. Ou pour un festival. Enfin, pas chez moi. Des filles qu'on allonge trop facilement, qui n'attendent que ça. Qui ont si peu de respect pour elles-mêmes qu'il ne leur vient même pas à l'esprit qu'elles pourraient réclamer plus. Des petites connes.

Tu vois, je serais un mec normal, avec un taf ordinaire, tôt ou tard l'une d'entre elles attendrait davantage. Bien sûr, je refuserais, elle me traiterait de salaud et menacerait d'aller trouver ma femme, de briser mon mariage, ce genre de choses. Et j'aurais des tas d'emmerdes, jusqu'au jour où je m'amenderais.

Mais voilà, je ne suis pas ce genre de type. Je suis une personnalité, quelqu'un de connu, de célèbre, celui à qui on vient demander en tremblant un autographe dans la rue. Moi, je ne dis jamais non, sauf si je suis de mauvais poil, je leur donne, leur putain d'autographe, avec un sourire lointain, et même j'accepte les selfies. Je pose aux côtés de personnes inconnues en les tenant par l'épaule, et eux de prendre congé, rouges comme des pivoines, en criant à tout-va que je suis resté franchement abordable. Des pitreries, tout ça.

Je suis un fantasme. Les gonzesses se ruent à mes concerts avec des airs de gamines, suraiguës dans leurs gloussements, même à quarante piges. Devant les copines, elles tiennent à garder une façade digne. Elles s'esclaffent que je suis un être humain comme les autres, qu'elles viennent seulement pour la musique, parce qu'elles aiment mes chansons. J'apparais et leur visage se transforme ; elles hurlent, elles me regardent comme la vierge Marie a dû contempler Gabriel venant la visiter. Enfin, je dis ça et je m'en fous des anges et des vierges. J'ai fait mon catéchisme, mais ça aussi, c'est du vent, du m'as-tu-vu. Je n'ai jamais été très fidèle, pas même à mes origines.

Si, quoi que tu en penses, je suis fidèle à ma femme. Il n'y a qu'avec elle que j'ai dormi. Les autres filles, celles des concerts, partagent tout au plus un quart de chaque nuit, temps de séduction compris. Faut dire, elles ne sont pas longues à convaincre. Ce n'est pas comme si elles pouvaient me revoir quand bon leur semble. L'occasion est trop belle, elles la saisissent. J'offre d'exaucer leur fantasme, alors elles minaudent pour la forme mais ne se font pas prier.

Pathétique, n'est-ce pas ?

Tout comme il est pathétique de penser encore à toi, trois mois plus tard. Parce que clairement, tu n'as pas été très différente de toutes ces nanas. Et pourtant, je suis là, aujourd'hui, accroché à mon volant, le désespoir au bord des yeux, à me remémorer ton odeur. Ton visage ? Pas vraiment. Il est nettement plus vague. J'étais bien aviné cette nuit-là. Toi aussi, même si tu n'as pas voulu le reconnaître. Contrairement aux autres, tu as un peu résisté. Tu avais l'air plus en demande. Sur le moment, j'ai trouvé ça mignon, cette fragilité. Le lendemain, ça m'a fait peur. Je t'ai jetée, tu as tempêté, mais de toute façon, tu savais que cela finirait ainsi, c'était évident, et moi je n'avais pas l'intention de me prendre la tête avec une fille un peu allumée qui fait sa maligne.

Je t'ai baisée comme toutes les autres, brutalement. Pas méchamment, mais tu ne valais pas non plus que j'y mette de la douceur. Et puis, tu avais l'air d'aimer. Bien sûr, j'ai mis une capote, je ne suis pas irresponsable. Pas ma faute tout de même si elle a éclaté. Après coup, je me demande si tu n'y es pas pour quelque chose.

Ton visage, je ne sais plus trop. Agréable, je suppose, ils le sont tous. Pas de quoi fouetter un chat, et surtout rien de comparable avec ma femme. Surtout pas ! Mais je me rappelle ta peau douce. Très douce. De la soie. Et j'ai ce souvenir-là qui m'embrume la tête, aujourd'hui, dans ma voiture. Mes mains se crispent sur le volant. Je contemple l'enveloppe chiffonnée à côté de moi. Je ne sais pas quoi en faire. La jeter serait peut-être le mieux. Mais j'hésite. Ce qu'il y a dans cette enveloppe, les quelques mots dactylographiés sur une page trop blanche, c'est une bombe. Une condamnation à perpétuité. J'aurais dû déjà comprendre, trois mois plus tôt, dans ton regard, tout ce que tu allais me faire payer. Il aurait fallu que je prenne la peine de te regarder. Je regrette, tu sais.

Maintenant, je suis certain de ne jamais pouvoir vous oublier, toi, tes odeurs multiples et ton cuir de chatte persane.

Toi qui, entre deux ricanements que je croyais excitation et qui n'étaient que perversion, m'as guidé vers ta fente dodue.

Toi qui t'es ouverte, des étoiles dans les yeux et le corps moite.

Toi qui m'as souri avec violence.

Toi qui m'as griffé le dos.

Toi qui m'as refilé ton Sida.

Salope.

...Avec le chandelier

Quel désordre ! Quelle cacophonie ! Chacun y va de son petit commentaire et l'auteur en a marre, franchement ras-le-bol de ces personnages indisciplinés qui pensent pouvoir la faire plier, la pousser à écrire des histoires rose bonbon qui se terminent bien. L'auteur ricane. C'est mal la connaître !

Chacun avance ses arguments, ses reproches. « Est-ce que j'ai une tête de tueuse en série ? » demande Blandine ; « vous ne semblez pas très douée en psychologie », balance le chanteur ; « que va en penser le lecteur ? » interroge la mère de Nilda ; « mais vous voyez bien qu'elle s'en fiche ! » affirme le vieil homme.

Pas faux, songe l'auteur. Elle s'en balance, du lecteur. Rien à battre. Ce n'est quand même pas le lecteur qui va lui dire ce qu'elle doit ou non écrire ! Le lecteur, il fait avec ce qu'on lui donne à lire et puis c'est tout.

Bref, ça gueule, ça fait les malins. « C'est indigne ! C'est indigne ! » scande-t-on. On envisage la création d'un syndicat pour défendre les personnages despotiquement lésés par des auteurs tyrans.

Des personnages de papier qui se rebellent contre leur auteur ? Voilà qui n'est pas dans l'ordre des choses. C'est elle qui écrit, elle qui aura le mot de la fin.

Elle avise le chandelier posé en équilibre entre les rangées de livres. D'un geste léger, elle le pousse.

Le chandelier tombe sur les livres poussiéreux qui s'enflamment. Le feu gagne les lourdes étagères, les tapis persans, les fauteuils en velours. Puis les personnages, puis l'auteur elle-même. On cherche à quitter la pièce en flammes, la porte est fermée, le feu ravage tout, personne n'en sortira.

Personne.

C'est l'auteur qui décide. Elle seule. Les voilà grignotés par les flammes, eux qui ne sont que créations littéraires, personnages de papier.

« J'ai gagné ! » rit l'auteur.

Le colonel Moutarde reposa délicatement sa plume dans l'encrier. Son recueil de nouvelles était enfin achevé. Satisfait, il contempla les rangées de livres autour de lui et le chandelier, dans lequel sa bougie achevait de se consumer.

Il entendit des cris et des rires au-dessus de lui...

« J'accuse... Le colonel Moutarde dans la bibliothèque avec le chandelier ! »

Le Lecteur regarda les autres joueurs d'un air triomphant. Il était imbattable à ce jeu qui avait le mérite de le distraire entre deux lectures. Il venait d'achever un recueil de nouvelles des plus pénibles. *Les indignes*, ça s'appelait. Un torchon d'ignominies mal rédigées.

Il vérifia les cartes placées dans l'enveloppe, son sourire s'élargit.

« J'ai gagné ! »

Table des nouvelles